CW00835721

Ob er den Kummer mit jütländischen Kaffeetafeln schildert, vom schweißtreibenden Aufenthalt in einer finnischen Sauna erzählt oder eine Schulstunde auf japanisch dokumentiert: es ist eine Freude, mit Siegfried Lenz auf Reisen zu gehen. Man kann es in der Gewißheit tun, etwas Besonderes, Ungewöhnliches zu erleben. Zu finden ist es auf einer Ranch im westlichen Amerika genauso wie in einer spanischen Kneipe. Und man hört förmlich jenen legendären Vogel, auf den der Erzähler vor einer Australienreise neugierig gemacht wird und der ihn prompt als Phantom begleitet. Dieser Vogel kann lachen ...

Siegfried Lenz, am 17. März 1926 in Lyck (Ostpreußen) geboren, begann nach dem Krieg in Hamburg das Studium der Literaturgeschichte, Anglistik und Philosophie. Danach wurde er Redakteur und lebt seit 1951 als freier Schriftsteller in Hamburg.

Siegfried Lenz

Zaungast

Deutscher Taschenbuch Verlag

Ungekürzte Ausgabe
März 2006
Deutscher Taschenbuch Verlag GmbH & Co. KG,
München
www.dtv.de
© 2002 Hoffmann und Campe Verlag, Hamburg
Umschlagkonzept: Balk & Brumshagen
Umschlagbild: ›The Towpath‹ (1986) von Wolf Kahn
(© VG Bild-Kunst, Bonn 2005)
Satz: Dörlemann Satz, Lemförde
Druck und Bindung: Druckerei C. H. Beck, Nördlingen
Gedruckt auf säurefreiem, chlorfrei gebleichtem Papier
Printed in Germany
ISBN-13: 978-3-423-13436-1
ISBN-10: 3-423-13436-4

Inhalt

Kummer mit jütländischen Kaffeetafeln

Einmal muß ich auch von meinem Kummer sprechen, von meinem Kummer mit Jütland, dessen Sommerbürger ich seit vielen Jahren bin. Lange hat Begeisterung ihn niedergehalten, zurückgedrängt, bei allem schwärmerischen Einverständnis wagte mein Kummer nicht, sich zu Wort zu melden, er wurde einfach matt gesetzt durch Erlebnisse und Erfahrungen, die mir Jütland als mein behäbiges Sehnsuchtsland erscheinen ließen. Was gilt dein Kummer, sagte ich mir zögernd, angesichts grandioser Nachbarschaftshilfe und noldischer Sonnenuntergänge? Was zählt er überhaupt vor dem erstaunlichen Gerechtigkeitssinn der Jütländer, vor ihrer stillen Tüchtigkeit, ihrer fabelhaften Sparsamkeit, ihrem Sinn für Gemütlichkeit und künstlerisch geschnittenen Hecken? Hat irgendein Kummer denn das Recht, veröffentlicht zu werden, wo alles zum Bleiben einlädt, wo langsam, aber gründlich gedacht wird, wo Idylle und kühne Architektur miteinander tuscheln? Und wo man, nach eigenem Willen, jeden Tag Sonntag feiern kann? Wäre schließlich, so sagte ich mir, die Bekanntgabe deines Kummers nicht eine Manifestation der Undankbarkeit gegenüber einem Land, das dich so bereitwillig angenommen hat? Es hilft nichts: zu stark pocht mein Kummer, er will raus, will sich nach über zwanzig Jahren Zurückhaltung Gehör verschaffen, mein redlicher, oft verschluckter, begründbarer Kummer mit Jütland. Da er einen Namen hat, möchte ich ihn auch gleich preisgeben: Es ist mein Kummer mit der großen jütländischen Kaffeetafel.

Schon seh' ich Kopfschütteln, spüre Verwunderung und Nachsicht: Kann, so wird man sich fragen, eine Kaffeetafel Anlaß zum Kummer geben? Kann, was so harmlos nach Belebung und schlichter Süße klingt, überhaupt eine Sache sein, von der man Aufhebens machen sollte? Wer so fragt, hatte noch nie das problematische Glück, zu einer original jütländischen Kaffeetafel eingeladen zu werden. Wir hingegen, meine Frau und ich, waren oft dazu eingeladen, wir haben die legendäre Tafel bisher überlebt, und in gelassener Erwartung von Spätschäden möchte ich jedem, der von einer entsprechenden Einladung ereilt wird, akkurat vorstellen, was ihn erwartet, worauf er sich gefaßt machen muß.

Wir, zugegeben, waren allenfalls auf Gesundheitskaffee und knochentrockene Plätzchen gefaßt, als wir zum ersten Mal von unseren Nachbarn zu einer ortsüblichen Kaffeetafel gebeten wurden, so gegen halb neun, nach dem Abendbrot. Solch eine Kaffeetafel, bedeutet man uns, widerspricht keineswegs der Gewohnheit, ausgiebig und genußreich zu Abend zu essen, im Gegenteil: Die jütländische Kaffeetafel heischt geradezu eine gediegene Unterlage. Nach Belieben gestärkt, fanden wir uns bei den Gastgebern zusammen, schwiegen uns, erschöpft von der Tagesarbeit, freundlich an; die Beredsamen riskierten ein »Jo«, die Geschwätzigen ein »Jo, jo«, ein Ächzen, ein Preßlaut, ein Kopfnicken reichten zu umfassender Unterhaltung. Häufiger Lidschlag zeugte nicht etwa von vorsorglicher Zustimmung, sondern von der Mühe, sich wachzuhalten. Bauern und Fischer verzichteten darauf, einander zu nek-ken, wie die Tradition es eigentlich will. Oft war nur das kleine Platzgeräusch der an Pfeifen saugen-den Lippen zu hören.

Plötzlich zog die Hausfrau die Schiebetüren auf, trat bescheiden zur Seite und gab den Blick frei auf die Kaffeetafel, und alle im Raum standen auf.

Ein Ausziehtisch, von geschontem Damast be-deckt, trug die Kaffeetafel: Kerzen brannten, deren zuckender Schein über das ererbte perlmuttene Por-zellan ebenso lief wie über die dicke Butterschicht der Brötchen, die, zu Mehrdeckern aufgestockt, auf übergroßen Tellern lagen. Wir tauschten einen Blick, meine Frau und ich, einverstanden mit der herz-haften Bescheidenheit des Angebots. Also Brötchen, Rundstücke, Boller, wie es immer beginnt, man wür-de die Hausfrau nicht enttäuschen müssen, es war erst neun. Schweigend nahmen wir unsere Plätze ein.

Die Gastgeberin ließ es sich nicht nehmen, den Kaf-fee selbst einzuschenken, kräftigen, stark gebrann-ten Kaffee, und wem es aus der Tasse dampfte, der durfte auch gleich probieren, und auf einmal war ein Seufzen am Tisch, ein Stöhnen, man seufzte und stöhnte mit geschlossenen Augen, freimütig, anhal-

9

tend, die unendliche Wohltat bezeugend, die man heiß im Schlund spürte – wir seufzten ungeübt mit und nickten zu dem vollständigen Bekenntnissatz, daß doch nichts über eine gute Tasse Kaffee gehe. Dann ein Wink, und die schönen Teller mit den gebutterten Brötchen begannen zu kreisen.

Sie kreisen immer, die Teller, niemand entgeht ihrer Forderung, zu nehmen und noch einmal zu nehmen. Wir trennten also die Mehrdecker, hoben die halben Rundstücke ab, die so aufeinanderlagen, daß auch die Unterseite kräftig Butter annahm, und es war ein zufriedenes Mahlen und Trinken, allerdings äugten wir, schon am Ende unserer Möglichkeiten, bestürzt auf die eigenen Teller, auf die stumme Zentrifugalkraft immer neue Brötchen brachte. Meinen hilfesuchenden Blick beantwortete die Hausfrau mit dem zweiten vollständigen Satz, sie sagte: Wir sollen es ganz gemütlich haben. Ich nickte dankbar, doch ich nickte zu früh; denn nachdem sich einige Gäste gestrafft, und das heißt: erwartungsvoll aufgesetzt hatten, trug die Hausfrau Platten mit blätterteigartigem Kranzkuchen auf, der gelblich schimmerte wie ein jütländisches Rapsfeld und gesprenkelt war von überschweren Rosinen.

Jeder wußte, was an der Reihe gewesen war, jeder langte sachlich zu; wen die rotierende Platte erreichte, der war verurteilt zu nehmen. Mit glänzenden, schorfähnlichen Krümeln an den Lippen, die das Wiener Brød nun einmal gern hinterläßt, stellten Nachbarn kurze Fragen, gaben kurze Antworten, ich konnte ihnen keine Aufmerksamkeit schenken, da ich angestrengt damit beschäftigt war, die drohend herankreisende Platte abzuwehren. Vergebens: Bei jedem Passieren geriet ein Stück fettigen, leicht gewärmten Kuchens auf meinen Teller und erinnerte mich unerbittlich an die Gesetze der Gastfreundschaft. Daß unser Kaffeedurst unstillbar sei, wurde einfach vorausgesetzt, schon dampfte die zweite, die dritte Tasse vor jedem Gast, der Duft Brasiliens erfüllte die jütländische Bauernstube, eine beginnende Magenschwere wurde aufgewogen durch unerwartete Hellhörigkeit und Schärfe des Gewahrens. Verwirrt blickte ich zum Ende der Tafel hinunter, wo zusammenhängend geflüstert und gelacht wurde.

Mühsam ausatmend, signalisierte mir meine Frau ihre Erschöpfung, ich antwortete mit zur Decke gerichtetem, ergebenem Kälberblick, hoffend, daß mit dem Wiener Brød das Ärgste überstanden sei.

Doch kaum hatte ich mich zurückgelehnt, als ein Hügel von kränklicher Weiße gebieterisch auf mich zuschwebte, ein Gletscher, bedeckt mit bräunlichem Moränenschutt, waghalsig verziert mit Kirschen, die dem erstarrten Schaum sanft eingedrückt waren: die erste Großtorte, die *lovkage*, der Stolz der Hausfrau, den abzulehnen einer Beleidigung gleichgekommen wäre. Das vorzeitlich anmutende Ungetüm des Genusses wurde in die Mitte der Tafel gestellt, ein ererbtes Tortenmesser brachte ihm die erste Wunde bei, und dann wurde jeder namentlich aufgefordert, seinen Teller heranzureichen zum Empfang kiloschwerer, präzis geschnittener Batzen.

Wie viele Schichten waren da verständig überein-

andergelegt, der Boden erinnerte an Jütlands sand-
graue Küsten, die Füllung an seine dunkle Torferde,
etwas Versteiftes, Klumpiges gemahnte an einhei-
mische Hünengräber, und beim Anblick der lasten-
den Sahneschichten mußte ich an jütländische Win-
ter denken. Der Moränenschutt, fast unnötig zu
sagen, entpuppte sich auf der Zunge als Nußsplitter.
Eine ganze Geologie der Gaumenfreude präsentierte
sich uns da, und ich wäre in Andacht versunken,
wenn Atemnot mir nicht zugesetzt hätte. Als zum
zweiten Batzen lächelnd Kaffee nachgereicht wurde,
kam tatsächlich ein angeregtes Gespräch unter meinen Nachbarn auf, so weit ich ihm unter dem Druck
der Fülle folgen konnte, ging es um die ungerechten,
jedenfalls drakonischen Steuergesetze, die dem Jütländer selbst das nehmen, was er sich angewöhnt
hat, als sein eigen zu betrachten. Nur noch lethar-
gisch löffelnd, verstand ich, daß ein Sohn den Hof
seines Vaters keineswegs übernehmen kann, er muß
ihn in gewisser Weise kaufen und auf den Kaufpreis
Steuern zahlen. Die Gletschertorte ließ mir gerade
noch die Kraft, diese Praxis ebenfalls als ungerecht
zu empfinden.

Plötzlich neigte sich mir mein Nachbar zu, zwinkerte und riet mir, den Teller rasch leer zu essen, da
gleich die Napoleonschnitten »dran« wären, ein mit
Vanillepudding gefülltes Labsal, schön zittrig unter
glasiertem Blätterteig. Und kaum hatte der krei-
sende Teller ihn erreicht, als er mir auch schon
zwei Stücke zuschaufelte, jedes so dick wie Tolstois
»Krieg und Frieden«. Von Herzen zugetan, wollte er
mir nur die Wartezeit ersparen. Ich aß, ich schwieg

und aß, während sich das Gespräch an der Tafel immer spürbarer belebte, die Napoleonschnitten stifteten sogar Leidenschaft, ein heftiges Für und Wider um die Europäische Gemeinschaft entbrannte. Aus der Ferne bekam ich mit, daß der Süden Jütlands die Mitgliedschaft in der EG überzeugter guthieß als der Norden. Die Hausfrau trug, nicht ohne kleinen Triumph, gleich zwei Kaffeekannen herein und lobte mehrmals hintereinander ihre neue Kaffeemaschine. Zum Protest zu matt, ließ ich mir die fünfte Tasse füllen. Gequält blickte ich zu meiner Frau hinüber, sie musterte feindselig ihre Napoleonschnitte, stocherte nicht einmal; wenn sie sich überhaupt bewegte, so nur, um eine übriggebliebene Kirsche von der Gletschertorte aufzuspießen.

Auf einmal schrak ich auf. Fischer und Bauern begannen gerade, einander – der Tradition entsprechend – zu necken, als ich feststellen mußte, daß ich nicht mehr gerade sitzen konnte. Die Kaffeetafel zog meine Stirn an. Ich stand auf, stahl mich unter einem Vorwand auf den Hofplatz hinaus, probierte ein paar bange Schritte und blickte verlangend zu unserem Häuschen hinüber. Wenn es einen Brunnen gegeben hätte, ich hätte gewiß nicht versucht, meine Silhouette neben dem Mond zu finden. Tragisch verkürzt: So kamen mir meine Beine vor, der Leib kämpfte mit einem geradezu unwirschen Übergewicht, die Geschmacksnerven jauchzten, und hinter den Schläfen summte und zirpte es, als ob alle Telefonleitungen Jütlands dort hindurchliefen. Was da rhythmisch einen Vorschlaghammer in meiner Brust schwang, war ohne Zweifel mein Herz. Was mir einredete, ich könnte in diesem Augenblick georgische Lyrik in einen südjütländischen Dialekt übersetzen, war der Kaffeerausch. Die frische Luft bekam mir nicht, ich mußte zurück.

Der Teller an meinem Platz konnte mein Teller nicht sein, denn ich hatte ihn leer hinterlassen, und jetzt lastete auf ihm, plätteisengroß, ein naturfarbenes Stück Nußtorte, mit Buttercreme ehrlich angereichert, eine Spezialität der Hausfrau. Ich beäugte das Stück, stach es, stupste es mit dem Gäbelchen, fragte es ab: Es wollte nichts weiter als bewältigt werden. Meine Nachbarn bedauerten mich, sie waren mir ein Stück im voraus und stachelten mich an, sie einzuholen, lakonisch allerdings, nur soweit ihnen die erhitzte Debatte über dänische Staatsverschuldung Zeit dafür ließ. Ich dachte an Jütlands Hecken, an Holunder, Flieder und Haselnußbüsche und nahm die Nußschnitten an, apathisch und entschlossen zugleich. Mir war es gleichgültig, daß die Hausfrau, wie sie erzählte, die Nüsse eigenhändig geerntet und gerieben hatte, ich brachte kein Interesse mehr für die Behauptung auf, daß die unangemessenen Forderungen des perfekten Sozialstaates zu der bedenklichen Verschuldung des Landes geführt hatten, wie ein todmatter Koalabär, der seine einzige, lebenserhaltende Aufgabe im Eukalyptusblatt sieht, brockte ich die Nußtorte in mich hinein, einverstanden mit oblomowschem Schlagfuß, den ich auf mich zukommen sah.

Mit, sagen wir, abschiednehmendem Blick schaute ich zu meiner Frau hinüber, sie hatte es aufgegeben, hatte offenbar mit letzter Kraft der Nußtorte die Kuchengabel eingerammt, an deren Stiel jetzt nur noch ein Fähnchen fehlte, das weiße Fähnchen der Kapitulation.

Welch ein Zustand: Äußerste Wachheit hielt niederzwingender Trägheit die Balance, flackernde Aufgekratztheit behauptete sich neben Mühlsteinschwere. Meine Nachbarn beteuerten einander, daß sie sich selten »so gut zupaß« gefühlt hätten, und zum Zeichen ihres Wohlbefindens tischten sie einander Anekdoten auf.

Ihre Fürsorglichkeit mobilisierte einen letzten Schub von Lebenswillen, ich hob den Arm, mich ritt der Teufel, Hohn und Verzweiflung gaben mir eine Frage ein, über die ich erst später erschrak, die Frage nämlich: Wann kommt denn das Kleingebäck? Ich habe gelesen, daß zu einer jütländischen Kaffeetafel unbedingt Kleingebäck gehört. Überrascht sah die Hausfrau mich an, dankbar und überrascht, mein Verlangen ehrte sie, und ehe ich noch begriff, welch eine Falle ich mir selbst gestellt hatte, kreisten Schälchen mit dem berühmten Kleingebäck, Kringel, Schäumchen, Plätzchen, Taler aus Mürbeteig, mit und ohne Schokolade *småkager* in verführerischen Variationen, selbstgebacken. Das war es doch, worauf du gewartet hast, fragte die Hausfrau, und ich darauf: Ja, sehnsuchtsvoll gewartet. Der Kaffee, den ich mir widerstandslos einschenken ließ, war offenbar noch stärker geworden, eine ölig schimmernde Schwärze. Glaub' mir, sagte mein Nachbar, danach wirst du sehr gut schlafen, wir jedenfalls brauchen das Zeug, um gut zu schlafen.

Kurz vor Mitternacht brachen wir auf, wohl versehen mit übriggebliebenen Kuchen und Kleingebäck – für den Fall, daß wir in der Nacht Lust bekämen, etwas zu knabbern. Wortlos schwankten wir heimwärts, nach einem Dank, der reichlich polternd ausgefallen war. Der Hund sprang bellend neben uns her, offenbar hatte sich unser Gang so verändert, daß er uns nicht mehr erkannte. Anstieg: Ich wurde das Gefühl nicht los, auf beschwerlichem Anstieg zu sein, ein gezuckertes, glasiertes Hügelland hinauf, eine Alp aus Mürbeteig und gefrorener Schlagsahne hinauf. Wir setzten uns ins Bett, sitzend erwarteten wir den Morgen.

Beispielhaft ist die Nachbarschaftspraxis in Jütland, nichts als wohlgemeint sind die Einladungen zu einer jütländischen Kaffeetafel. Wir haben sie überstanden, haben sie bis heute überlebt – für das bereitwillig gebrachte Schlafopfer reich entschädigt durch Erlebnisse und Erfahrungen, die nur hier möglich sind. Dennoch: Schade ist es um jede Einladung, die außer Freude auch Befürchtungen weckt. Aus rechtschaffenem Kummer möchte ich fragen, ob man dem Gast in Jütland, der sich freudig vor einer Kaffeetafel findet, nicht zumindest einen Gang in der großen rituellen Kuchenschlacht ersparen könnte – sagen wir, um einen Anfang zu machen, das Kleingebäck. Denn merke: Die Besorgtheit um den Gast schließt auch seine Gehfähigkeit beim Nachhauseweg ein.

Eine Schulstunde auf japanisch

Nein, sie waren keine Soldaten des ABC. Gewiß, sie trugen alle dunkle Uniformen, in schöner Disziplin lagen ihre Händchen auf der Schulbankkante, ihre kleinen Körper bezeugten auch schon eine frühe Würde des Dasitzens, doch als ich den Klassenraum der alten, über hundert Jahre alten japanischen Elementarschule betrat, da widersprachen sie sogleich der vorgeführten Haltung. Vertrauensvoll zwinkerten mir die achtjährigen Jungen und Mädchen zu, klapsten mich heimlich, so daß Schulrat und Schuldirektor es nicht bemerkten, drückten mir schnell die Hand, lächelten, flüsterten, boten mir Zettel an. Schon kam ich mir vor wie der neue Schüler, dem man sein verstecktes Wohlwollen zu erkennen gibt.

Ich hatte mir gewünscht, eine lange Schulstunde auf japanisch mitzumachen, und die Japan-Foundation, die ihrem Gast in beispielloser Generösität nahezu jeden Wunsch erfüllt, hatte mir eine kleine Schule sehr fern von Tokio empfohlen, eine ganz aus Holz gebaute Schule, die Wände geschwärzt vom Alter, die Flure blank gewetzt von unzähligen Stoffsandalen und Strümpfen.

Daß ich mich wie auf einer Rutschbahn fühlte, Schwierigkeiten mit meinem Stand hatte, lag an den zu engen Hausschuhen, die ich hier – wie überall sonst – am Eingang gegen meine Straßenschuhe tauschen mußte, japanische Pantoffeln sind nun einmal für japanische Fußgrößen gedacht, sie bekneifen geradezu europäische Zehen – immerhin, mit den zierlichen Pantoffeln am Fuß merkt einer rasch, ob ein unentdeckter Kürläufer in ihm steckt. Es gelang mir, ohne Sturz, zu einem Bänkchen zu segeln, die Lehrerin nickte mir anerkennend zu, und in dem Augenblick, als sie das Thema der Schulstunde bekanntgab, lösten sich auch alle Blicke von mir, verschmitzte, neugierige, abschätzende Kinderblicke. Das Thema überraschte mich, es gab mir zu denken: Über den Gruß, so hieß es, über die Bedeutung des Grüßens zwischen Bekannten, zwischen Fremden. Die Schüler indes schien dies Thema keineswegs zu überraschen, mit einem Ernst, der mich verblüffte, mit einer gesammelten Aufmerksamkeit, die ich nicht vermutet hätte, fingen sie gleich an, dies so bedeutungsvolle Zeremoniell menschlicher Begegnung zu beschreiben und, von der Lehrerin gelenkt, auszulegen.

Unwillkürlich dachte ich an den Grußaustausch der Erwachsenen hier, den ich oft genug erlebt hatte, an die bis zur Schmerzschwelle reichenden Verbeugungen, an die Gesten des Respekts, der Ergebenheit, der Unterwerfung, welch anstrengende Bekundung von Ehrerbietung wird da gefordert, welche Manifestation der Friedfertigkeit ist da vorgegeben. Doch weder Herkunft noch Perfektion des Grußes – so mit gleichzeitiger Überreichung der Visitenkarte – sollten in der Stunde behandelt werden; die verengte Aufgabe lautete vielmehr: Was läßt sich aus einem Gruß erfahren? Fröhlichkeit, sagte der kleine Kenzo. Schlechte Laune, sagte die kleine Noriko. Traurigkeit, sagte der noch kleinere Tomoyoshi: bevor sie sagten, was alles ein Gruß preisgeben kann, standen sie auf und nannten ihre Namen, und es war erstaunlich, wieviel unterschiedliches Befinden sie herauslesen konnten aus Gruß und Gegengruß. Auf einmal fiel dem kleinen Akira ein, daß die Lehrerin nicht allzu heiter geantwortet hatte auf den Morgengruß der Klasse; nach möglichen Gründen befragt, vermutete er, daß vielleicht die Mutter der Lehrerin krank sei – ein Kopfnicken zur Belohnung, er hatte recht. Und Izumi erinnerte sich, daß sein Banknachbar nur bedrückt zurückgegrüßt hatte – einfach, weil er zu spät gekommen war und noch nicht wußte, welche Zurechtweisung ihn erwartete.

Mit dem Gruß also geben wir uns zu erkennen, unsere Stimmung ebenso wie unsere Absichten, wir öffnen uns, wir versprechen etwas, aber wir sollten es nicht genug sein lassen mit dem eigenen Gruß, sondern immer darauf achten, wie wir zurückgegrüßt werden, und wenn der Gegengruß nicht unserem entspricht, wenn er nicht die gleiche Fröhlichkeit zeigt, die gleiche Offenheit und Klarheit, dann müssen wir uns fragen, woran das liegen könnte. Ein trauriger Gegengruß zum Beispiel sollte schon ein Grund sein, behutsam nachzufragen, vielleicht braucht einer unseren Trost, unsere Anteilnahme. Um die Empfindlichkeit für die Auslegung des Grußes zu schärfen, spielte die Lehrerin ein Tonband mit Beispielen ab, die Schüler hörten sehr konzentriert zu, hatten viel zu sagen; mich beeindruckte der Ernst, die grüblerische Ausdauer – es war unausbleiblich, daß ich meine Art des Grüßens überprüfte und vergleichend bewertete. Ich fragte, welchem Fach diese Unterrichtsstunde zugerechnet wird, und der Schuldirektor erklärte: Sozialkunde; wir haben einen ziemlich weitgehenden Begriff für Sozialkunde.

Was alles hier unter diesen Begriff fällt, erfuhr ich auf meinen Reisen durch das Land, vor den Monumenten japanischer Geschichte. In den kaiserlichen Vorgärten und bei den kolossalen Buddha-Statuen in Nara, vor Tempeln und Pagoden und im Museum von Hiroshima: überall begegnete ich unzähligen Schulklassen, sah ihre Wimpel, die zum Sammeln riefen, hörte die Trillerpfeifen besorgter Lehrer, die das wieselnde kleine Volk zusammenhielten. Mit ihren weißen, mit ihren gelben und roten Rucksäkken zogen sie vorbei, lauschten den Megaphonen, ließen sich einweihen in große Vergangenheit, nahmen Augenschein an den Stätten, von denen einst ihre Macht ausging und wo die verpflichtenden Muster des Lebens ausgegeben wurden. Sie sind ohne Zweifel die reiselustigsten Schulklassen der Welt, und sie sind Eigentümer von Traditionen, über deren Herkunft sie sich versichern können. Nicht ein einziges Mal kam ich in Versuchung, diese Reisen sozusagen als Pilgerfahrten anzusehen; es war in der Tat sozialkundlicher Umgang mit den brütenden Zeugen der Geschichte.

Nachdem wir jedenfalls herausgefunden hatten,

daß man aus einem Gruß auch verschiedene Arten des Willkommens heraushören kann, sprangen die Schüler auf Stichwort von ihren Stühlchen und wünschten mir auf deutsch mehrmals einen guten Tag. Und als ob das nicht ausreichte, behängten sie mich mit selbstgemachten Papierblumen, umringten mich und verstellten mir den Weg, allesamt darauf aus, einen Weltrekord im Händeschütteln aufzustellen. Mit sanfter Gewalt bahnten wir uns einen Weg nach nebenan, in die Klasse der Zwölfjährigen, die mich ebenfalls eingeladen hatten, an einer Schulstunde teilzunehmen. Das Thema: Wie zeigen sich das männliche und das weibliche Prinzip in der Natur, vielleicht auf dem Schulweg.

Wieder war ich mehr überrascht als die Schüler, die, offensichtlich an Themen gewöhnt, bei denen die Empfindung eine nicht unbedeutende Rolle spielt, nach kurzem Bedenken Beispiele nannten. Also schroffer Berg und sanftes Tal, Stamm und Blüte, die Welle und das Riff. Die Lehrerin gab sich nicht zufrieden, sie wollte mehr Beispiele hören, kleine, unscheinbare Beispiele, die in einer Kontrastdarstellung das männliche und das weibliche Prinzip veranschaulichten; sie wollte das Empfundene erklärt bekommen. Und die Kinder ließen sich Erscheinungen und Formen einfallen und nannten den Pfeiler und die Brücke, den Fluß und den schnellen Fisch.

Was hier geweckt wurde, was sich hier aussprach, war das eigentümliche japanische Naturempfinden: kaum Mythologie, statt dessen ein Gleichnis der Gefühle, ein Spiegel, der bestätigt, der Natur zugehörig zu sein. Angesichts der Natur sich selbst zu finden, und das heißt auch, sich selbst zu vergessen: in der Erkenntnislehre des Zen-Buddhismus eine der wichtigsten Empfehlungen. Ich mußte daran denken, als die ganz und gar unbefangenen Bildungskadetten dem Männlichen und dem Weiblichen ihre charakteristische Gestalt suchten. Welch einträgliche Suche, wieviel verblüffende Interpretation. Obwohl mir jede Antwort übersetzt und wohl auch schon ein bißchen versachlicht wurde, hatte ich mitunter das Gefühl, eine einzige Poetisierung des Schulwegs zu erleben. Freilich, gelegentlich bekam ich die Stumpfheit meiner europäischen Sinne zu spüren: obwohl ich gewissenhaft in mich hineinhorchte, wollte mir zum Beispiel der Unterschied zwischen einem männlichen und einem weiblichen Wasserfall nicht einleuchten. Das Schmale und das Breite – mir kam es allzu sinnfällig vor, doch wer möchte Bedenken anmelden, wo der Regenwald an stille Geborgenheit gemahnt und der Mond in jeder Phase seine Bedeutung für den Haushalt der Gefühle hat? In der Schule der Empfindungen gibt's nicht viel zu widerlegen.

Aber lag hier das Zentrum des japanischen Bildungsgedankens? Galt ein sanfter Taoismus, galt gleichnishafte Selbstbestimmung und poetisiertes Naturverständnis mehr als die Kenntnisse in exakten Disziplinen?

Wir beschlossen, die Schüler und ich, uns gegenseitig Fragen zu stellen, und zuerst waren sie dran, und es hagelte nur so auf mich herab, mit gleichbleibender Freundlichkeit, mit einer Wißbegier, die für sich sprach. Ob ich mein Land liebe, so lautete die erste Frage eines Zwölfjährigen, und als ich druckste, von den allgemeinen Schwierigkeiten sprach, ein Land zu lieben, da sah er mich sehr verwundert an; er hatte offensichtlich eine kürzere, eine kommentarlose Antwort erwartet. Verwunderung, wenn nicht Ratlosigkeit hinterließ ich auch bei einem langwimprigen Mädchen, das nur wissen wollte, wieviel Kinder ich habe. Keine Kinder? In deinem Alter? Seltsam. Ein adrettes Bürschchen fragte mich nach meinem ersten Klassenlehrer, und ich erzählte von dem gütigen, armen Mann im fernen Masuren, der immer müde war, der manchmal auf dem Katheder einschlief – was wir zum Anlaß nahmen, ihm komische Zeichnungen auf den Rükken zu heften oder einen Wecker im Ofen rasseln zu lassen. Das Bürschchen hörte es mit Staunen, mit ungläubigem Blick, mit den eigenen Lehrern Scherze zu treiben? Auf diese Art? Undenkbar. Sie fragten mich nach meinem Lieblingsessen und nach meinem Lieblingsfach, sie wollten wissen, welch eine Kamera ich besitze und wie die Blumen in meinem Garten aussehen, und als ich schon glaubte, daß die Frage, die mir in Japan am häufigsten gestellt wurde, in der Schulklasse nicht beantwortet zu werden brauchte, da meldete sich ein zartes Jüngelchen: Wie findest du Japan?

Erstaunlich, wie viele Japaner mich darum baten, ihnen meine Eindrücke über ihr Land zu schildern, es machte ihnen nichts aus, daß es nur Geschwindeindrücke waren, sie wollten von mir hören, was ich über ihre Landschaft dachte, über das Straßenbild der Städte, über ihr Verkehrssystem, ihr Theater, ihr Essen. Offenbar ist es also nicht allein ein deutsches Bedürfnis, sich von einem Fremden Aufschluß über sich selbst zu holen, auch den Japanern scheint viel daran gelegen, ein Urteil von außen zu erhalten – eine Übereinstimmung, die, denkt man an die souveräne Wurstigkeit der Angelsachsen in dieser Hinsicht, nicht nur psychologisch aufschlußreich ist.

Wie also findest du Japan? Soviel ist sicher, sagte ich: In keinem andern Land der Welt habe ich persönlich soviel Höflichkeit gegenüber Fremden erfahren, soviel Fürsorglichkeit, soviel Bereitschaft, ihm zu verzeihen, daß er andere Gewohnheiten hat. In andern Ländern muß der Fremde sehen, wie er zurechtkommt, bei euch nimmt man ihn an die Hand. Das Jungchen blieb stehen, es war wohl enttäuscht über meine sehr allgemeine Antwort, und so sagte ich, was sich mir in Straßen und Parks, auf Bahnhöfen und Flugplätzen als überwältigender Eindruck aufgedrängt hatte: jung; ich finde Japan unerhört jung. Er setzte sich, um darüber nachzudenken, und nun wurde ich aufgefordert, Fragen an die Schüler zu stellen.

Wenn man zum Beispiel zu spät kommt, wollte ich wissen, was passiert, wenn man zu spät zur Schule kommt? Man darf nicht zu spät kommen. Aber wenn man etwas erlebt auf dem Schulweg, etwas ganz Tolles? Es gibt keine Entschuldigung, keine. Ich fragte sie, was am meisten Spaß macht in der Schule, und ich war nicht erstaunt, alle nur denkbaren Antworten zu erhalten: Sport und Musik, Aufsatz und Sozialkunde, Zeichnen und Haushaltsunterricht, freimütig und spontan bekannte sich jeder zu seinem Lieblingsfach. Nachdenklich indes wurden meine kleinen Gastgeber, als ich sie fragte, welche Fähigkeiten und Kenntnisse denn wohl am nützlichsten seien fürs Erwachsenenleben, ich sah ihnen an, wie sorgfältig sie da erwogen, prüften, veranschlagten, und dann sagte einer: Sprachen und Mathematik, und die ganze Klasse echote: Sprachen und Mathematik. Nur ein Mädchen, zartwüchsig, versonnen, wollte sich dem allgemeinen Urteil nicht anschließen, es sah mich an und flüsterte: Zeichnen und Schreiben sind wichtiger als alles andere – worauf die Mitschüler sich überrascht nach ihr umwandten, ich aber zwinkerte ihr zu. Selbstverständlich, daß den Prüfungen eine außerordentliche Bedeutung zuerkannt wurde; die entscheidenden Prüfungen zu bestehen: das heftig erwünschte Ziel aller Lernenden, der begleitende Traum, den einzulösen man die Überirdischen bittet, indem man in ehrwürdigen Schreinen schön beschriebene Holztäfelchen deponiert: Mach, daß ich nicht durchfalle, bestehen ist alles.

Im stillen wünschte ich ihnen allen ein glückliches Examen, und dann mußte ich Hände schütteln, jeder der Schüler schien mindestens neun zu haben, wie jener machtvolle Buddha in Nara, nur der Hinweis aufs wartende Essen besänftigte ihr Ungestüm. Wir setzten uns zu rohem Fisch, zu rohen Muscheln und Krabben und Krebsen, das Fleisch der Meeresbeute war in mundgerechte

Stücke zerschnitten, und auf den Bissen von Schellfisch, von Thun, von der Makrele leuchteten in vollkommenem Kontrastreiz die Blüten einheimischer Blumen. Welch ein bewundernswerter Farbsinn, welche Meisterschaft im Arrangement: Selbst ein Stück glotzäugiger Natur offenbart, von japanischem Schönheitsbedürfnis zurechtgemacht, seine dekorativen Möglichkeiten. Aber während ich noch die Kunst bewunderte, das Unscheinbarste ästhetisch zu verfeinern, ihm neue Gestalt und Perspektive zu geben, gab die Tischgesellschaft der Klasse recht, die sich für Sprachen und Mathematik entschieden hatte; sie tat es – und darüber gab es für sie keinen Zweifel – in der Gewißheit, daß auch in diesen Fächern die Ästhetik zu ihrem Recht kommen kann.

Das Gelächter des Kukkaburra

Mit welchen Kenntnissen sollte ich mich ausrüsten? Mit welchem Wissen kostümieren? Sollte ich, da die Einladung nach Australien feststand, die sympathisch knappe Geschichte des Kontinents studieren oder seine strategische Lage? Sollte ich einen ethnologischen oder einen soziologischen Geschwindkursus durchlaufen? Was würde mir dort unten am ehesten helfen? Politische Kenntnisse? Literarische? Mineralogische? Ich war eingeladen, an sieben australischen Universitäten zu lesen, und ich mußte mich doch vorbereiten, wappnen, einstimmen, ich konnte doch nicht unpräpariert, und das heißt: schutzlos, einen Kontinent betreten, wo sich jeder seinen Bumerang selbst schnitzen darf. Welches Wissen also kann einen dort schützen, fragte ich mich, welche Kenntnisse können dir helfen, dich dort unten heimisch zu fühlen.

Kaum so gefragt, drängte sich auch schon die Gegenfrage auf: Soll man sich durch Kenntnisse schützen, soll man sich heimisch fühlen in einem fremden Land, da Fremdheit doch eine spezielle Bedingung des Erlebens ist? Und ist es nicht überhaupt ratsamer, ohne wohlfeiles Vorwissen zu reisen, nur mit der Bereitschaft, sich entgeistern oder befremden, überwältigen oder verstören, in jedem Fall: sich original beschreiben zu lassen? Auf jedes Risiko? Und kommt es nicht zunächst darauf an, daß man selbst etwas investieren muß – in eine Begegnung, eine Landschaft, ein Erlebnis –, damit ein Eindruck oder ein Abdruck entsteht? Tabula rasa: ist das nicht die ideale Ausgangslage für jede Reise? Wie also?

Ich entschied mich dafür, unbelastet zu reisen, ohne taktisches Wissensgepäck, dennoch konnte ich es nicht verhindern, daß mir zum Schluß, beinah widerwillig, eine spezielle Kenntnis zugetragen wurde; die betraf einen australischen Vogel und beherrschte mich mit seltsamer Hartnäckigkeit.

Im letzten Augenblick, wie gesagt, gegen meinen Willen, hatte man mir doch noch ein Wissen zugespielt; mein Grundsatz, unbelastet zu reisen, war nicht mehr makellos – auch wenn die Geschichte des australischen Vogels, die man mir kurz vor der Reise erzählt hatte, so unscheinbar anmutete. Dieser Vogel, so erfuhr ich – er heißt Kukkaburra –, ist ein erklärter Freund des Menschen; er bietet sich, wenn man einen Garten anlegt, als Wächter des Gartens an, um ihn von Schlangen und Ungeziefer freizuhalten, außerdem kann dieser Vogel lachen, und zwar so verblüffend menschlich lachen, daß man entweder erschrickt oder in das Gelächter einstimmt.

Das also erfuhr ich, und welche Zwänge bereits von einem so beiläufigen Wissen ausgehen können, erlebte ich auf der Reise: bei allen Versuchen, dem fremden Kontinent entgegenzudenken, drängte sich immer dieser Vogel vor, dieser Kukkaburra. Ich konnte ihn nicht aus meiner Vorstellung verbannen; er ließ sich einfach nicht verdrängen, ausklammern, abschießen: er flatterte durch meine ungeduldigen Erwartungen, stieß sein Gelächter aus und bot mir lachend seine Freundschaft an.

Ein Bild des Vogels hatte ich noch nicht gesehen, ich wußte lediglich, daß er so groß wird wie eine Krähe und daß sein Schnabel, was die Härte angeht, mit einer Heckenschere aus Solingen verglichen werden kann. Und ich wußte, daß ich ihn würde suchen müssen; je näher ich dem australischen Kontinent kam, desto dringender wurde mein Interesse für den lachenden Schlangentöter, den gutgelaunten Menschenfreund. Vorauseilend versuchte ich mir die erste Begegnung vorzustellen: stummes, gegenseitiges Beäugen, kurze Demonstration der Wächterfähigkeit, schließlich gegenseitige Sympathieerklärung durch Gelächter; der Vogel beschäftigte mich, und es gab Augenblicke träumerischer Erschöpfung, in denen ich glaubte, nur wegen des Kukkaburra nach Australien zu fahren.

Natürlich fiel ich nicht mit der Tür ins Haus, unterdrückte vielmehr meine, sagen wir: brennende Neugierde auf den Vogel. Da Perth die erste Station meiner Reise war, ließ ich mich willig in die Schönheiten der Landschaft einweisen und mit anderen Nebensächlichkeiten Westaustraliens bekanntmachen. Aber was besagte schon die lindfarbene Gartenstadt, deren leichte und fröhliche Häuser sich um eine Postkartenbucht versammelt hatten? Ich dachte an den Kukkaburra. Wie das Erzählen zu den Pflichten des Gastes gehört, so gehört das Zuhören zu seinen Tugenden, und ich hörte zu – freilich mit leichtem Flügelrauschen im Ohr. Und ich erfuhr, daß Australien in dieser Zeit dabei ist, seinen Standort zu bestimmen: Der schutzlose Kontinent hat sich gegen Asien geöffnet, asiatische Studenten beziehen immer häufiger australische Universitäten, asiatische Firmen sind eingeladen, an der Erschließung des Landes mitzuarbeiten. Man blickt nicht mehr gebannt auf London, um Muster und Modelle zu beziehen – das gilt für die Wirtschaft ebenso wie für das Verhalten.

Und ich erfuhr, daß sich die Zahl der Deutsch-Studierenden an australischen Universitäten in den letzten Jahren verdreifacht hat. Ein Prospektor erzählte mir von der Entdeckung der gigantischen Eisenerzvorkommen. Ich erfuhr von örtlichem Goldrausch, von der grandiosen Einsamkeit des Busches, ich erlebte die außerordentliche Gastfreundschaft eines blauäugigen Orients, und endlich, endlich fragte man mich, was mich an Australien denn ganz besonders, womöglich leidenschaftlich interessiere. Ich nannte den Kukkaburra. Ah, sagte man, der Kukkaburra. Der Vogel, der lachen kann, sagte ich. Und wie der lacht, sagte man und zog mich in den Garten.

Wir lauschten, es war kein Gelächter zu hören, auch nicht aus dem Nachbargarten. Merkwürdig, sagte mein Gastgeber, gewöhnlich sitzen sie hier überall herum und lachen, aber seien Sie unbesorgt: Es gibt sehr viele Kukkaburras in Australien, und Sie werden sein Gelächter schon noch zu hören bekommen.

Ich war unbesorgt, und ich reiste weiter über leeres, totgebranntes Land, über blinkende Salzseen, an Küsten entlang, mit denen sich nur der Ozean unterhielt. Welch eine großartige Verlassenheit, dachte ich, wie viele Möglichkeiten für Sommerhäuser. Mein Nachbar machte mich auf einen Buschbrand aufmerksam: tief unter uns, flach weggerissen, hing eine dünne Rauchbank, ich erkannte die Flammenwalze, bemerkte unter zitterndem Licht die Glut: Buschbrände sind die häufigste Heimsuchung Australiens. Wer nicht fliehen kann, kommt um.

Später sah ich die Spuren des Feuers: geschwärztes Land, versengte Baumstämme, verrußtes Gestein. Wer unweigerlich ein Opfer des Feuers wird, wollte ich wissen und erfuhr, daß es allemal der Koalabär ist. Nachdem ich den Koala lange genug beobachtet hatte, konnte ich es schmerzlich verstehen; denn er ist das Tier, dessen Faulheit so außerordentlich ist, daß sie schon wieder fasziniert. Gegenüber dem Koala ist ein Oblomow ein Arbeitstier. Wie der, in schlafmütziger Anmut an einen Ast geklammert, unerhört verzögert ein Auge öffnet, den Betrachter mit unendlicher Müdigkeit vorzeitlich anblickt und dann das Auge wieder in Zeitlupe schließt! Wie der, mit herausfordernder Langsamkeit, an einem Eukalyptusblatt knabbert!

Wie karg und gleichgültig der sich mit seiner faulen Geliebten zur Nacht verabredet! Übrigens erfuhr ich, daß ein Koala, der auf sich hält, grundsätzlich keinen Baum hinabklettert: er öffnet einfach nur die Arme und läßt sich fallen. Mit Hilfe eines angeblich steinharten Hinterns übersteht er jeden Sturz – leider jedoch nicht das Feuer. Da ist der Kukkaburra, den ich in Adelaide fast zu sehen bekam, besser dran.

Mein Gastgeber in Adelaide war Professor der Germanistik. Wir tranken sehr guten australischen Rotwein, der in der Nähe von Adelaide wächst, ebenso wie der Moselle – Weine, die einen Vergleich mit einem europäischen Tropfen durchaus bestehen. Es waren, wie ich erfuhr, nicht zuletzt deutsche Weinbauern, die dem australischen Wein zu seiner Qualität verhalfen.

Jedenfalls sprachen wir bei sehr gutem einheimischen Wein über Literatur und insbesondere über das Recht des Schriftstellers, sich im Ausland kritisch über sein eigenes Land zu äußern. Es war eine uferlose, schließlich unentschiedene Debatte, und nachdem die Gäste gegangen waren, äußerte mein Gastgeber die Besorgnis, daß ich, bei allem literaturpolitischen Bodenturnen, keine Gelegenheit gefunden hätte, meinerseits Fragen zu stellen: vielleicht unaufschiebbare Fragen über Australien. So freimütig gefragt, antwortete ich ebenso freimütig: den Kukkaburra, ich möchte einmal den Kukkaburra lachen hören. Mein Gastgeber war nicht länger als notwendig verblüfft, lächelte, führte mich ins Arbeitszimmer und zeigte auf die hohen Eukalyptusbäume: dort, sagte er, dort sitzen sie zuhauf, morgen früh werden Sie das Gelächter hören; es trifft sich ausgezeichnet, daß Sie im Arbeitszimmer schlafen. Und um das Gelächter sofort zu erkennen, imitierte mein Gastgeber es eindrucksvoll und bat mich, zwei Phasen zu unterscheiden: das Vorgelächter, das nach selbstzufriedenem automatischem Meckern klang, und das Nachgelächter, das mit dem frohen Dröhnen eines Mannes verglichen werden kann, der einen Witz zu spät verstanden hat.

Ich muß zugeben: am sehr frühen Morgen, noch im Halbschlaf, hörte ich das Gelächter. Auf den Bäumen saßen allerdings keine Kukkaburras, und ich muß annehmen, daß niemand anders als mein Wirt dieses Gelächter ausgestoßen hat – in all seiner trostreichen australischen Gastfreundschaft.

Sie ist in der Tat beispiellos, die australische Gastfreundschaft. Bankleute luden mich ein, Tankstellenbesitzer, Kellner und Kellnerinnen, Leser und Nichtleser, Rundfunkleute und Zeitungsleute. Solche Einladungen werden spontan geäußert, nach vier, fünf Sätzen, die man miteinander gewechselt hat; oft wurde ich auch telefonisch von Fremden eingeladen, manchmal lagen schriftliche Einladungen am Empfang im Hotel.

In Canberra, der schönen, abgelegenen, künstlichen Hauptstadt, dachte ich jedenfalls nicht an den Kukkaburra, obwohl er mir auch dort versprochen wurde. Wir fuhren über staubgepudertes Land, das seit fünf Monaten keinen Regen erlebt hatte, an Farmhäusern vorbei, die leer und verlassen schienen, bezwungen von der Hitze. Wie heiter, wie verwöhnt, wie lebensgerecht erschien dagegen Sydney, eine reiche Stadt, eine selbstbewußte Stadt, beschenkt mit einem der schönsten Naturhäfen der Welt und unzähligen geschickten Haifischen, die noch in knietiefem Wasser attakkieren. Ich fragte nach dem Hauptverbrechen in dieser Stadt und erfuhr, daß »Trunkenheit am Steuer« das am häufigsten registrierte Delikt sei. Am Selbstmörderfelsen fragte ich nach dem Motiv, das so viele Menschen hier freiwillig in den Tod getrieben hatte, und erfuhr, daß es Liebeskummer gewesen sei. Ich fragte ein Mädchen, ob es seinen Eindruck von den australischen Männern auf eine Kurzformel bringen könnte, und es sagte mit ökonomischem Sarkasmus: Spielen, Frauen, Rennen. Ob man unter Umständen auch in Sydney einen Kukkaburra sehen könnte? Selbstverständlich.

Wir streiften durch sehr gepflegte Parks, suchten Bäume und Büsche ab, wir forschten an teuren, bewaldeten Hängen, in lautlosen Gärten, schließlich auch in den gastlichen, vergnügten Restaurants am Wasser, wo man alle Spezialitäten des Meeres genießen kann; wir hörten Leute am Nebentisch lachen, wir hörten auch einander lachen, nur das Lachen des Vogels hörten wir nicht.

Gab es überhaupt den Kukkaburra? War er ausgestorben, wie so viele seltsame Gattungen dort unten? War sein Gelächter eine typisch australische Sinnestäuschung?

Mit einem Kellner, der mich eingeladen hatte,

zog ich an einem Sonntag in den botanischen Garten von Brisbane, wo er selbst das Lachen des Kukkaburra schätzungsweise wohl viertausendmal gehört haben will. Wir fanden Schwärme von weißen Reihern, die träge Goldfische spießten – mein Vogel war zufällig, zum nicht nur fassungslosen, sondern auch ärgerlichen Erstaunen meines Begleiters, nicht zu entdecken. Sollte ich Australien verlassen, ohne den lachenden Vogel gehört zu haben?

Eine Lehrerin, blond, hochgewachsen, mit denkwürdigem Händedruck und in keinen verliebt, nur in die grandiose Einsamkeit des Busches – diese sehr hilfsbereite Lehrerin machte es schließlich möglich, daß ich ihn leibhaftig sah: den Wunschvogel, den Traumvogel, den Vogel des zweiten Gesichts sozusagen. Wir fuhren mit dem Auto noch höher nach Norden hinauf, an Ananasplantagen vorbei, an lichten Wäldern vorbei, bis wir, in idyllischer Landschaft, einen Zoo entdeckten – den kümmerlichsten Zoo, den ich je sah. Ein kurzer Wolkenbruch ging nieder.

Wir tauschten einen Blick mit einem schwermütigen Känguruh, sahen einen nassen Koala, der im Traum mitleiderregend seufzte, sprachen einem offensichtlich desperaten Ameisenbär Mut zu. Und hier, in diesem Zoo der Traurigkeit, fand ich, hinter Drahtgittern, kuckucksgrau, durchnäßt auf dem Boden hockend, ein Kukkaburra-Pärchen: ein Vogel war einäugig, der andere ließ einen Flügel hängen. Bestürzt sahen wir uns an, es brauchte zwischen uns nichts gesagt zu werden: diese Vögel hatten wirklich nichts zu lachen.

Allerdings, das Gelächter des Kukkaburra habe ich schließlich doch noch mitgebracht: Ein freundlicher Germanist schenkte mir eine Bandaufnahme. Nun fehlt mir nur noch das Bandgerät, um meinen australischen Sehnsuchtsvogel in seiner schönsten Äußerung kennenzulernen.

Die Stunde der Taucher

Mutlos konnte man damals überall werden, wo sich die Hinterlassenschaft des Krieges zeigte. Angesichts zerbombter Häuser, vor gesprengten Brükken, auf zerstörten Bahnstationen und in der furchtbar stillen Geisterlandschaft gewaltsam ruinierter Stadtteile fragte ich mich unwillkürlich: Wann, wann wird dieses Erbe beseitigt werden? Wieviel Zeit wird hingehen, um den Schutt der jüngsten Geschichte zu entfernen? Welche Tatkraft muß aufgebracht werden, um wiederherzustellen, was dem selbstverschuldeten Krieg zum Opfer gefallen ist?

Undenkbar, daß es in einer einzigen Generation gelingen sollte, die Resultate einer tobsüchtigen Politik vergessen zu machen: Zu groß schienen die Zerstörungen, die Verwüstungen, zu unersetzbar die Verluste.

Und auch dort, wo das vermutete Herz Hamburgs schlägt: Auch im Hafen stellte sich Mutlosigkeit wie von selbst ein. Was sich dem Auge bot, kam mir vor wie ein monströser Friedhof: zerschmetterte Kaimauern, abgesoffene Docks, bizarr verrenkte Werften, Schiffsteile, zerrissen von der Wut der Explosionen, wie in endgültiger Trauer geknickte Kranhälse, und überall die aus dem Wasser ragenden

Spieren gesunkener Schiffe. Diese zu zählen gelang mir nicht, und dennoch waren sie gezählt worden; die Hafenbehörde ermittelte, daß es – Schiffe und Schuten, Barkassen und Fähren, Jachten und Kräne zusammengerechnet – 2830 Wracks waren, die nach dem Ende des Krieges auf dem Hafengrund lagen. Da lagen die »General Artigas« und der Frachtdampfer »Henry John«, das schwedische Schiff »Ranow« und das Wrack eines großen Passagierdampfers, das den Namen eines »Robert Ley« trug – auch sie fielen unter die kaum glaubhafte Zahl, ebenso wie der kleine Schlepper »Libau« und die gekenterte »Dokkenhuden«. Der Hamburger Hafen schien nicht nur tot, er schien auch versperrt und blockiert zu sein, abgeschnitten von allen ergiebigen Seeverbindungen, von den heilen Häfen der Welt. 2830 Wracks schienen auszureichen, um das Ende dieses traditionsreichen Hafens vorauszusagen: Aus geschichtlichem Dämmer brachten sich Alexandria und Trapezunt in Erinnerung. Nie, so glaubte ich, wirst du hier zu deiner Zeit fröhlich bewimpelte Luxus-Liner aufkommen sehen, wirst Kriegsschiffe freundschaftlich gesinnter Mächte besuchen dürfen, wirst womöglich, nach Maßgabe hansischen Temperaments, ein Hafengeburtstagsfest mitfeiern.

So, wie Hamburger überall in der Stadt ans Werk gingen, um sich von Trümmern und Schrott zu befreien, um Bombentrichter zu planieren, Dächer neu zu decken, Leitungen zu flicken, so fanden sich tatwillige Leute im Hafen zusammen, um Strom und Hafenbecken von dem mörderischen Nachlaß zu reinigen. Über See erreichbar sollte der Hafen werden, und darum mußte zunächst die Fahrrinne geräumt werden, in der es einst die »Weißenfels« erwischt hatte und die »Chios« und die »Wally Faulbaum«. Von vielen kaum bemerkt, mit den Gefahren ihres Berufes vertraut, begann unten an der Elbe die Stunde der Taucher.

Die Räumung konnte allerdings nicht beliebig, nicht nach eigenem Ermessen beginnen; es gab Rechte und Verordnungen, die respektiert werden mußten. Auch ein gesunkenes Schiff bleibt Eigentum der Reederei, und nach einer Hamburger Hafenverordnung ist der Eigentümer verpflichtet, das Wrack zu beseitigen. Etliche Eigentümer erhoben dagegen Einspruch, sie glaubten sich der Verpflichtung mit Hilfe des Arguments entziehen zu können, daß der Untergang ihres Schiffes ein »Act of God« war, also höhere Gewalt. In dieser Situation – und das sollte nicht vergessen werden – boten Engländer ihre Hilfe an: Sie bildeten eine »Salvation-Group«, und gemeinsam mit Hamburger Taucher- und Bugsier-Firmen stellten sie einen Plan auf, wie und nach welchen Regeln die vielen gesunkenen Schiffe geborgen werden konnten. Ausländischen Reedereien wurden zum Beispiel Termine zur Räumung der Wracks gesetzt; da diese nicht eingehalten werden konnten, entschloß man sich oft, die Rechte an den Wracks an den Hamburger Hafen abzutreten. Die Voraussetzungen waren jedenfalls geschaffen, die Bergung der Wracks – unter den 2830 waren immerhin 105 Seeschiffe, die mehr als 2000 BRT hatten – konnte beginnen.

Die Bergung konnte freilich nicht ohne die besonderen Kenntnisse beginnen, die zur Berufspraxis eines Tauchers gehören und mitunter über Leben und Tod entscheiden. Was allemal nötig ist, erfuhr ich damals im Hafen von einem erprobten Taucher, der in den Aufbauten eines Schiffes wohnte, die auf Land gesetzt worden waren. Von ihm lernte ich, daß der Helm aus getriebenem Kupfer ist und aus dem Kopfstück und dem Schulterstück besteht, die durch Schraubenbolzen miteinander verbunden sind. Das Kopfstück hat vier luftdicht schließende Fenster, rechts ist das Luftauslaßventil, ein Überdruckventil, das man selbst betätigen kann: Will man sinken, so drückt man mit dem Schädel auf den Knopf, will man hinauf, so dreht man an der Kapsel. Besorgt sein muß der Taucher, daß er das Helmventil nicht öffnet, wenn ein Unterdruck besteht; wird er bewußtlos und hält das Ventil mit dem Kopf offen, so kann er ertrinken. Da viele der Wracks im Schlick des Hafens festsaßen, sollte der Taucher darauf achten, daß er bei seiner Arbeit mehr Luft als üblich im Anzug hatte, einfach um den Auftrieb zu erhalten. Und bei der außergewöhnlichen Aufgabe, die vor den Hamburger Tauchern lag, durften sie nicht außer acht lassen, daß während der Unterwasser-Arbeit das Blut schneller fließt und verhältnismäßig viel Stickstoff aufnimmt – Stickstoff, den größten Feind des Tauchers. Vorsicht beim Aufstieg war also immer geboten – weniger beim Abstieg –, oft empfahl es sich, nach dem Aufstieg noch einmal auf halbe Tiefe zurückzugehen.

Die 13-Meter-Tiefe – so erfuhr ich – ist die wichtigste Grenze für einen Taucher; muß er schnell auftauchen – weil er etwa den Puls einer Kopfader zu hören beginnt, was an das Klopfgeräusch einer Schiffsschraube erinnert –, dann sollte er sich zunächst in einer Taucherdruckkammer auf halben Druck setzen lassen. Versäumt er es, werden sich in seinen Muskeln und Gelenken, werden sich in inneren Organen Blasen bilden; ein Ende der Berufsausübung ist absehbar.

Schließlich erfuhr ich etwas über die hergebrachte Signalsprache; also: ein Zug an der Leine – holt mich rauf; zwei Züge: mehr Luft; drei Züge: weniger Luft; vier Züge: wie abgemacht; fünf Züge: alles in Ordnung.

Wracks sind störrische Wesen; wo sie einmal festsitzen, da scheinen sie für alle Zeit bleiben zu wollen. Die Taucher fanden es bestätigt, als sie sich, ausgerüstet mit wasserdichter Handlampe, abkippen ließen oder hinabstiegen in das ölschillernde Wasser, in die Dunkelheit, die immer noch – wenn auch vereinzelt – todbringendes Gerät bewahrte: Magnetminen, Elektrominen, Geräuschminen. Sacht schwebten die Männer nieder auf die Decks und Bordwände, tasteten sich zur Brücke vor, inspizierten Passagier- und Frachträume, stiegen in die Maschine hinab. Ihre Suche ließ ihnen keine Zeit, an Besatzungen, an Ziele und Schicksale zu denken, und doch wurden sie unwillkürlich darauf verwiesen durch das, was sich plötzlich ihren Blicken bot.

Im Bugraum der kleinen Fähre kauerten immer noch die Reste zweier Soldaten, neben ihnen lag ihr Gepäck, anscheinend Urlaubsgepäck, das vielleicht Mitbringsel aus einem der besetzten Länder enthielt. Der betagte Frachter, dem eine Bombe die Schanz durchschlagen hatte, war randvoll mit Kisten beladen, im Schein der Handlampe zeigten sich Konserven, Kohl- und Schmalzfleisch-Konserven, und hinter einem Schott lagerte ein Gebirge von Rif-Seife. Einem Taucher stockte der Atem, als er, auf einem ehemals norwegischen Transportschiff, die Überbleibsel von 30 Pferden fand, vermutlich Lastpferden, die einst auf verschneiten Gebirgswegen unserer Angriffsarmee gedient hatten. Damals konnten sie es sich nicht leisten, in Ballast zu fahren, man hatte der Ausrufung des totalen Krieges zugestimmt, und das schloß ein, daß jede Tonne Schiffsraum genutzt wurde. Die Wracks bewiesen es mit ihren Ladungen: Sie bargen Waffen und Autos, die für ferne Fronten bestimmt waren, sie enthielten Nahrung und Torpedos, die alliierte Geleitzüge dezimieren sollten, und sie dokumentierten die Tode, die gestorben wurden, als der Feuerregen über dem Hafen niederging, die Schiffe zerriß und auf Grund schickte.

Ich hab' mir oft vorzustellen versucht, welche Empfindungen wohl einen Mann beherrschen, der in trübem Wasser durch ein Schiffsluk schwebt, Halt findet und feststellt, daß er auf einem Hügel von 28-cm-Schiffsgranaten gelandet ist.

Nachdem der Nachlaß des Krieges erkundet, das Risiko bestimmt, die Hilfsmittel beschafft waren, konnte die Arbeit beginnen, das heißt: die Räumung des Hafens, des Stroms.

Manchmal ging es schulmäßig, zumindest bei kleinen Schiffen. Lag der Schiffskörper günstig auf

Grund, so wurde er an mehreren Stellen unterspült, die Taucher zogen Stahltrossen hindurch, die das Wrack unterfingen. Dann kreuzten die beiden Hebeschiffe auf, die sich ihre Namen mehr als verdient hatten. »Energie« und »Ausdauer« hießen sie, robuste, kantige, zerschrammte Fahrzeuge. Sie nahmen die Stahltrossen auf, und unter Aufbietung all ihrer Kraft hoben sie das Wrack an, das langsam zwischen ihnen auftauchte, umspült von ablaufendem Wasser. Dies war jedesmal ein Augenblick äußerster Spannung und Erregung: Je höher sich der Schiffskörper heraushob, desto größer wurde die Belastung. Hatten die Taucher unter Wasser ein Loch in der Bordwand schließen können, schwamm das geborgene Schiff allmählich auf, zerbeult und verwaschen, von Schlick bedeckt. War ein gehobenes Schiff nicht schwimmfähig, so wurde es, hängend zwischen »Energie« und »Ausdauer«, in mühsamer Prozession zum Eindocken geschleppt oder einfach in flaches Wasser und dort vorläufig abgesetzt.

Oft war die Bergung aber schwieriger, war risikoreicher und langwieriger. Wenn eine Hebung aussichtslos schien, mußte ein Wrack unter Wasser zerschnitten werden, mächtige Schiffsteile wurden an den Haken genommen, und der Kran setzte sie auf die Pier oder auf Pontons. Ich habe sie liegen sehen, die Überbleibsel von zerstörten Schiffen, Kessel- und Brückenteile, Wellen, Teile von Bordwänden, Schrauben, Heckplattformen für die Bordflak und Segmente von U-Booten, die aus dem Fahrwasser geborgen wurden. Was einst den Plänen größen-

wahnsinniger Herrschsucht diente, war nur mehr
Krempel, ein Schrottgebirge. Die 16 U-Boote, die
am Ende des Krieges noch fahrbereit von ihren Besatzungen versenkt worden waren, blieben für die
Taucher unerreichbar. Sie lagen unter den viereinhalb
halb Meter dicken Betonwänden der Bunker, die
von den Alliierten gesprengt worden waren: gigan-
tische Grabkammern, Kerkerbetten. Angesichts der
Trümmer stellte Fassungslosigkeit die immer gleiche Frage: Wie nur, wie konnte das alles geschehen?
    Wenn sie unter Wasser nicht schneiden konnten,
entschieden sich die Taucher zur Sprengung von
Wracks. Wie stark die Ladung zu sein hatte und wo
sie angebracht werden mußte: Sie wußten es, und
sie wußten vor allem, daß sie bei einer Sprengung
niemals unter Wasser sein durften. Sie wickelten
das Kabel ab – immer besorgt, daß es nicht an ihnen
hängenblieb – und tauchten auf und warteten; warteten, bis das Wasser im Hafen sich hob wie bei einem unterseeischen Beben. Manchmal schleuderte
die Kraft der Explosion Fontänen empor, manchmal
folgte der kalkulierten Zerstörung nur ein dumpfes
Rumoren. Um die Transportfähigkeit der Wrackteile zu prüfen, stiegen sie wieder hinab, und wenn
ein besonderer Druck auf dem Trommelfell sich be-
merkbar machte, drückten sie die Nasen gegen das
Helmfenster und machten berechnete Schluckbe-
wegungen, so lange, bis es im Ohr knackte und das
Trommelfell entspannt war.
    Die beiden Hebeschiffe und Prähme stellten sich
ein und holten die zerlegten Wrackteile ans Licht.
Wo aber absetzen?

Der riesige Schiffsfriedhof gab so viel her, daß sich der Schrott auf den Piers und auf den Helligen türmte, es gab kaum noch Platz, um die geborgenen Reste der Unglücksarmada an Land zu deponieren. Es blieb den Tauchern nichts anderes übrig, als einen Parkplatz zu suchen, und sie fanden ihn vor Finkenwerder. Dort, wo einst Wasserflugzeuge starteten und landeten, auf dem sogenannten Wasservorfeld der Flugzeugwerke, versenkten sie wieder, was sie dem Grund abgewonnen hatten. Da wurde zusammengeschleppt, was nicht zusammengehörte, da ragten bei Ebbe Bruchstücke einer Gespensterflotte aus dem Wasser – allerdings nicht für immer und ewig oder gar als memento. Der Schrott von Schiffen, so zeigte es sich schon früh, war begehrt, er versprach ein Geschäft zu werden.

Und er wurde ein Geschäft. Nach kleinen alliierten Einheiten – Motortorpedobooten und schnellen Minensuchern, die zuerst die Elbe heraufkamen – legten bereits geräumige Schrott-Transporter im Hafen an, sie kamen aus dem Mittelmeer und selbst aus Ostasien, es hatte sich weltweit herumgesprochen, daß der Nachlaß des Krieges Gewinn abwarf. 50 Mark brachte eine Tonne Schrott am Anfang, als die Taucher noch gewaltige Mengen zutage förderten. Später, als der Hafen sich mehr und mehr von Wracks leerte, stieg der Preis auf 184 Mark. Selbstverständlich legten auch die Alliierten Hand auf einen Teil des Nachlasses: Alle Schiffe über 1500 Tonnen, gleichviel, ob sie gesunken waren oder noch schwammen, wurden als Kriegsbeute betrachtet.

Es war absehbar, daß der prekäre Unterwasser-Reichtum, den Hamburger Taucher in der Zeit der Not erschlossen, eines Tages hinter dem Horizont verschwunden sein würde. Flaute zeichnete sich ab. Als seine Firma in Schwierigkeiten zu kommen drohte, so erzählte mir ein Taucher, schickten sie Kommandos in fremde Gewässer; die arbeiteten in der Ostsee, die gesprenkelt war von Wracks, arbeiteten vor der finnischen und der schwedischen Küste. Sie stiegen hinab und mußten erfahren, daß auch eine bescheidene Rentabilität ausblieb. In freier See lagen die Wracks zu tief, und anders als im Hafen vereitelte oft schlechtes Wetter eine Bergung. Die Kommandos wurden zurückgezogen; für manch einen bedeutete dies, sein Taucherbuch für immer wegzulegen, den Helm und das Brustgewicht und den Schutzanzug abzuliefern.

Manchmal, wenn ich unten am Hafen bin, vor dem vielgesuchten Panorama, in dem alles in Bewegung aufgeht, in zielgerechtem Kurs, schiebt sich mir ein anderes Bild vor die schöne geschäftige Welt, oder es taucht vielmehr hinter ihr auf. Wie bei einem Palimpsest, wo unter dem Neuen eine alte Schrift erkennbar wird, hebt sich Vergangenes herauf. Und ich sehe sie wieder: all die zerrissenen, gekenterten Schiffe, ihre anklagenden Spieren, ihre Aufbauten, durch die das Wasser der Elbe strömt, sehe die vielen grünen Wracktonnen. Und wieder bringt sich die Stille in Erinnerung, die damals über allem lag. Die Stille eines Schiffsfriedhofs. Das Schicksal des Hafens schien besiegelt, endgültig.

Doch dann gingen die Hamburger Taucher ans

Werk, und fünf Jahre nach dem Krieg waren die lebenswichtigen Seeverbindungen wiederhergestellt. In einem einzigen Jahr machten bereits 13000 Schiffe im Hafen fest; ungefährdet waren sie die Fahrrinne heraufgekommen, unbedrängt hatten sie Liegeplätze gefunden. Hamburg war mit 750 Häfen in aller Welt verbunden.

Sonntag eines Ranchers

Ich hielt mich für vorbereitet. Ich kannte die Ranch, ohne dagewesen zu sein. Bereitwillig hatte ich mich mit Welt versorgen lassen, und unter den angebotenen Bildern, stehenden und bewegten Bildern, hatte ich mir auch das Bild einer Ranch im westlichen Amerika ausgesucht. Das Bild hat sich langsam zusammengesetzt, es war mit mir gereist, und als wir durch die lautlose Nacht von Wyoming fuhren, glaubte ich, an einen längst bekannten Ort zu fahren, in ein versunkenes Kinderland, in dem es keine Fremdheit gab.

Musik, ich glaubte, mit einem Male Musik zu hören, als ich neben der Frau des Ranchers saß, die mich hinausfuhr: – ein Sänger berichtete von seinem Heimweh zu den blauen Bergen, ein anderer beklagte den Tod eines berühmten Sheriffs, und von rhythmischem Hufschlag begleitet, sehnte sich ein dritter nach Tennessee zurück, das er offenbar hatte lassen müssen. Groß ist das Heimweh deutscher Sänger nach dem mittleren Westen, groß und unendlich vervielfältigt, und wer davon gehört hat, kann den Gegenstand der Sehnsucht nicht mehr loswerden, ihm senkt sich ein Bild in die Seele wie mir, ein trauliches Bild, das zu seinem Besitz wird.

Wir fuhren durch dies Land, durchkreuzten es um Mitternacht. In den Kurven schwenkte das Licht der Scheinwerfer von der Straße ab, wanderte schnell über das gelbe Gras der Prärie, und immer wieder sah ich funkelnde Augenpaare im Lichtkegel, Blicke voll jäher, glänzender Angst knapp über dem Boden. Es war sehr warm. Die Frau des Ranchers, eine ältere, untersetzte Frau, eine gütige, strenge Mutter, die mir von Zeit zu Zeit unter dem künstlichen Blumenhut knapp zulächelte, hatte längst meine Erschöpfung bemerkt. Sie stellte keine Fragen. Sie erklärte mir nicht die Dunkelheit über Wyoming. Sie rauchte. Sie überließ mich meiner wohltuenden Erschöpfung und steuerte den Wagen mit einer Hand. Und ich dachte voraus an die Ranch, auf die sie mich eingeladen hatte, spontan und wortarm, mit amerikanischer Offenherzigkeit. Sie war achtzig Kilometer gefahren, um mich abzuholen, und brachte mich nun die achtzig Kilometer hinaus zur Ranch. Würde ich mein Bild wiederfinden? Würde alles so sein, wie ich es mir vorstellte?

Maggy, die Frau des Ranchers, fuhr auf einmal langsamer, spähte aufmerksam in die Dunkelheit, und nach einer Weile sagte sie: »Da, da war er.« Sie sagte es mit Genugtuung und leichter Erregung, und ich dachte, daß das, was sie in der Dunkelheit erkannt hatte, zumindest ein lauschender Büffel war, ein geduckter Präriewolf oder ein Indianer, und nachdem auch mich Erregung ergriffen hatte, fragte ich: »Wer war da?« Und sie sagte: »Der Gedenkstein, Fred. Der Stein bezeichnet den alten

Weg, den die Trecks genommen hatten, hinüber nach Kalifornien. Haben Sie den Stein erkannt?« – »Fast«, sagte ich, »es hat nicht viel gefehlt.«

Ich blickte hinaus und über das dunkle Land: kein Licht, keine Feuer, keine Geräusche, vor allem kein Gesang. Aber das Land, das hier noch die narbige Spur der Ochsenkarren trug, erschien mir keineswegs leer und unbewohnt: unter dem dunklen Himmel Manitus blieben die Erinnerungen jung, Erinnerungen an Mut und Aufbruch, an Durst und Unternehmungsgeist, an Kühnheit und gewaltsame Tode.

Maggy lächelte mir knapp zu, ich mußte jetzt etwas sagen, und ich sagte: »Morgen ist Sonntag.« Die Frau des Ranchers sah mich erstaunt an und fragte: »Bedeutet das was Besonderes?« Und ich sagte: »Sonntag, nicht mehr und nicht weniger. Morgen erlebe ich einen Sonntag auf der Ranch.« Verwirrt schüttelte sie den Kopf, hob ihr Gesicht, das von Güte und Strenge sprach, wandte ihre Aufmerksamkeit der geschwungenen, einsamen Teerstraße zu, auf der im Scheinwerferlicht immer wieder der plattgefahrene Balg eines Tieres auftauchte, eines Kaninchens, eines Skunks oder Marders.

Auf einmal bremste Maggy, fuhr eine sanfte Anhöhe hinauf, ich öffnete ein Tor und schloß es sogleich hinter dem Auto, und dann fuhren wir einen steinigen Weg hinab. Der hartgefederte Wagen rumpelte, das Steuerrad schlug hart nach beiden Seiten aus. Ungeduldig drehte ich mein Fenster herab, es war nichts zu erkennen. Wir fuhren über Prärieboden in ein Tal hinunter, das Auto hielt, hielt zwischen dunklen, stillen Gebäuden, kein Stern zeigte sich über Wyoming, und Maggy, die Frau des Ranchers, die strenge, untersetzte Mutter, nahm mich an die Hand und zog mich zum Wohngebäude hinüber.

Sie zog mich auf die Veranda, wo ich nach dem Schaukelstuhl des Großvaters tastete, als ich plötzlich erschrak und mich totstellte, in der Bewegung innehielt: zwei riesige, langpelzige Hunde, verdrossene Wächter, hatten sich lautlos erhoben, stießen ihre kalten Schnauzen gegen meine Beine und begannen mit der Untersuchung. Einer richtete sich auf, stieß mir die Vorderpfoten in den Rücken und prüfte eingehend meinen spezifischen Geruch vom Hals bis zur Hüfte, leise knurrend befaßten sie sich mit mir, einer mißtraute meiner Pfeife und schnappte danach, der andere verdächtigte meine Schuhe, die er scharf beleckte, und ich stand bewegungslos da, bis Maggy sagte: »Jetzt kennt ihr ihn: das ist Fred.«

Sie zog mich in das dunkle Wohnhaus der Ranch, es roch nach Sauberkeit und Lederzeug, roch nach Kuchenteig. Meine ausgestreckte Hand berührte einen Gewehrständer, ich zählte vier oder sechs Läufe. Ich berührte ein Buch in der Dunkelheit und glaubte, entweder die Bibel oder »Vom Winde verweht« berührt zu haben. Dann knackte ein Lichtschalter, wir standen vor dem Bett des Ranchers, der uns geblendet entgegensah, mir, geblendet vom Licht, eine Hand entgegenstreckte. »Hei, Fred«, sagte er, und ich sagte: »Hei, Slim«, und etwas anderes brauchte nicht mehr gesagt zu werden; Wortlosigkeit bezeichnet das Einvernehmen der Männer im mittleren Westen.

Ich stieg in mein Zimmer hinauf. Unten auf der Veranda hörte ich etwas wie Flüstern – wahrscheinlich flüsterten die Hunde über meinen spezifischen Geruch. Es beunruhigte mich nicht. Ich hatte meine Ranch erreicht, auch wenn ich sie noch nicht gesehen hatte. Ich war Gast. Ich fühlte mich sehr geborgen und schlief einem Ranch-Sonntag entgegen, nicht traumlos: ich träumte von der Ranch, träumte, daß ich hier nie mehr fortkäme, da es, trotz verzweifelter Suche, keine Mittel zur Rückkehr gab.

Ein Geruch weckte mich, ein unwiderstehlicher Geruch nach heißem Kaffee, Pfannkuchen und gebratenem Speck. Der Geruch befreite mich von meinem Traum, schärfte meine Ungeduld, zu erfahren, wo ich wirklich war, und ich stürzte ans Fenster und stieß es auf: ich war auf »meiner Ranch«. Es war die Ranch, die in meiner Vorstellung bestanden hatte, die Ranch heißer Jugendwünsche: der große Freund Shane kam hier vorbei, Fuzzy sah listig nach dem Rechten und der Mann aus Laramie. Hier erklang das große Jippy-Yeh! Es war die Ranch, von der die deutschen Sänger sangen, nach deren entlegenem Glück sie sich melodiös zurücksehnten.

Zwischen niedrigen Büschen leuchtete etwas auf, ich erwartete, deutsche Sänger in blauen Seidenhemden hervorkommen zu sehen, doch es waren zwei Kinder, ein Mädchen und ein Junge, die einen blauen Emaillekessel trugen. Ein Ting-Tong aus der schön verfallenen Schmiede gab es nicht, dafür gab es manchen sonntäglichen Vogelruf und quiekende Signale von Wasserratten, die in eine Falle des Ranchers geraten waren. Scheune und Stall standen offen. Vom Ende des Tals, von dorther, wo die tiefgrünen Schatten der Kiefern den Berg hinaufstiegen, näherte sich eine kleine, träge Staubwolke, und ich erkannte einen kleinen Zug von Rindern, der von zwei Cowboys flankiert war. Sie kamen zur Ranch. Von der Sonne getroffen, blitzten silberne Knöpfe und Beschläge bis zu mir herüber, und ich nahm das als blitzende Aufforderung und ging nach unten.

Das Buch, das ich in der Dunkelheit berührt hatte, lag auf einer Kommode, und ich sah, daß ich mich geirrt hatte, denn es war weder die Bibel noch »Vom Winde verweht«, sondern die Ausgabe eines Buchklubs, in der sechs Romane in Kondensform vereinigt waren. Ich fand auch den Gewehrständer wieder, in dem Slim, der Rancher, seine schweren Büchsen aufhob; ich nahm eine in die Hand: sie war geladen. Die helle, große, von der Sonne durchflutete Küche war leer, nirgendwo erkannte ich die Spur von Maggys früher Tätigkeit, obwohl alle Gerüche hier ihren Ursprung hatten. Die Gerüche drangen aus den mannshohen, vollautomatischen Küchenrobotern, in denen es leise summte und mitunter knackte. Mehrmals sagte ich »Guten Morgen«, doch ich erhielt keine Antwort, weder von Maggy noch von den elektronischen Angestellten, und so ging ich auf die Veranda hinaus.

Der Zug der Rinder war näher gekommen, ich konnte bereits die Gesichter der Cowboys erken-

nen, sonnverbrannte, verschlossene Gesichter, und
auf einmal erschrak ich glücklich, denn es waren
die Gesichter von Glenn Ford und James Stewart.
Schweigend trieben sie die Tiere auf, trieben sie zu
einem Lastzug, der hinter der Scheune stand. Sie
trugen braune Reitstiefel, breitkrempige Hüte und
Halstücher – Colts trugen sie nicht. Jetzt tauchten
auch die Kinder an der Scheune auf und Maggy und
Slim, und auch *Larry* erschien, der Sohn des Ranchers, sowie eine junge Frau mit schwarzem, fett-
glänzendem Haar und gleichmütigem Gesichtsaus-
druck, an der ich indianische Züge zu erkennen
glaubte. Larry war blauäugig und hochgewachsen,
er erinnerte mich sehr an Alan Ladd. Gemeinsam
nahmen sie den Zug der Tiere in Empfang, trieben
Stück für Stück auf den Lastwagen hinauf, rasch
und sachgemäß; dann fielen Klappen, Verschluß-
ketten rasselten, und der Lastzug fuhr davon: das
Sonntagsfrühstück der Ranch konnte beginnen.

Selbstverständlich und überwältigend ist die
Gastfreundschaft im mittleren Westen. Bereitwillig öffnet man sich dem Gast, läßt ihn teilhaben
am eigenen Leben und Wohlbefinden – weniger an
eigenen Sorgen –, verschafft ihm alle erreichbaren
Annehmlichkeiten. Vor allem aber ist man bemüht, ein ganz bestimmtes Gefühl von ihm fern-
zuhalten: das Gefühl nämlich, einsam zu sein, allein zu sein, ein Fremder unter Heimischen. Alle,
die ich an diesem Morgen begrüßte, bemühten
sich darum, waren auf ihre Weise bestrebt, mir das
Gefühl der Fremdheit zu nehmen: der Rancher
und seine Frau, Larry und das Mädchen mit den

indianischen Zügen, die Kinder und auch die Cowboys.

Slim rief uns zum Frühstück zusammen, die Familie und die Cowboys saßen bereits an einem langen, ovalen Tisch, nur Maggy fehlte. Maggy besprach sich mit den Küchenrobotern, schaltete, drehte an Knöpfen, öffnete Klappen und Röhren und trug dann das Frühstück auf, das berühmte Ranch-Frühstück, das man auch in Restaurants in der Stadt bestellen konnte: mit Fruchtsäften beginnt es, dann gibt es Toast mit Butter und Konfitüren, gebratenen Speck, Schinken, gebratene Eier, Pfannkuchen mit braunem Ahorn-Sirup, und zu allen Herrlichkeiten flossen Ströme von Kaffee. Jeder nahm sich wortlos von allem, niemand wurde aufgefordert, und wir aßen mit schweigendem Behagen, und zum Schluß sagte Slim, der Rancher: »Das ist nämlich so, Fred: wenn ich irgendwo draußen bin, habe ich sofort Sehnsucht nach einem Ranch-Frühstück.«

Draußen auf der Veranda näherten sich tappende Schritte, ich erwartete, endlich den Großvater zu sehen, dies unumgängliche Möbelstück einer Ranch, dies Bündel von Weisheit, Erfahrung und freundlicher List. Und als die Schritte verklangen – es mußten wohl die Hunde gewesen sein –, fragte ich Slim, wo der Großvater dieser Ranch sei, und er lachte und sagte: »Ich, Fred, ich bin der Großvater.«

Und er erzählte mir, daß ein Rancher vieles in einem sein muß: Veterinär und Mechaniker, Handelsmann, Schlosser, Zimmermann, Brandmeister und, wenn es sein muß, eben auch Großvater. Slim

aß weiter, während er erzählte; der alte Mann aß ge-
nußvoll und mit freimütig bekanntem Behagen,
immer flacher wurde der Turm der Pfannkuchen,
der Teller mit Speck leerte sich. Später einmal,
sagte er, werde ich im Schaukelstuhl sitzen und in
die Sonne blinzeln – so wie du es erwartest, Fred.
Aber vorerst komme ich nicht dazu, vorerst muß
ich mich um die Tiere kümmern.

Er blickte nach draußen, über den flammenden
Talboden, helläugig, schmaläugig, mit dem Blick
des Fährtensuchers, des Treckführers, des erfahre-
nen Kundschafters, von dessen Aufmerksamkeit alles abhängt. Dann erhob er sich und beendete das
Sonntags-Frühstück. »Kommt, Jungens«, sagte er,
und zu mir: »Heute wollen wir dem Gesetz genü-
gen, Fred, heute brennen wir die Tiere.« – »Brennen?« fragte ich. »Brandzeichen«, sagte er, »das ist
Vorschrift. Die jungen Tiere müssen gekennzeich-
net werden.«

Wir gingen nach draußen, standen in dem
schmerzhaften Licht und sahen über das friedvolle,
entlegene Tal, während die Kinder nicht schnell genug ihre Pferde herausführen konnten. Sie schwan-
gen sich hinauf, fegten ohne Sattel davon, und ich
mußte an die Furcht der Griechen denken, die beim
Anblick der ersten Reiter glaubten, Mensch und
Pferd seien ein Wesen. Auch Glenn Ford und James
Stewart saßen auf, dann Slim und Larry, und sie
entfernten sich mit rhythmischem Hufschlag.

Träumerisch sah ich ihnen nach, als ein Pferd an
meinem Hals schnupperte, ein Pferd, das die Indianerin still am Zügel für mich bereithielt. »Es ist Ihr

Pferd«, sagte sie ausdruckslos, und sie wiederholte es mehrmals, ohne meine Einwände zu beachten, meinen dringenden Hinweis, daß dies ein Irrtum sein müsse. Durch ihr beharrliches Dastehen zwang sie mich schließlich, auf das Pferd zu steigen, es war ein kleiner, zottiger Renner, ein verständiger Mustang, der mich trug und der anscheinend genauso neugierig war auf das, was ich vorhatte, wie ich neugierig war auf die Pläne des Pferdes mit mir. Aufgesessen blieben wir auf der Stelle. Das Pferd setzte sich nicht in Bewegung. Es hatte keine Gangschaltung, achtete weder auf ein englisches noch auf ein deutsches Kommando, und so bat ich die Indianerin um Hilfe. Die Indianerin flüsterte mit dem Pferd, raunte ihm etwas zu, vielleicht ein spöttisches Wort, vielleicht eine verschlagene Aufforderung, und der kleine, zottige Prärie-Renner warf nickend den Kopf und trabte mit mir los. Wir trabten über historisches Land, über das Land des Büffels und des brennenden Speers, trabten durch alte Jagdgründe, und ich behielt die flachen Kuppen der Hügel im Auge, Plätze, auf denen die Reiter der Sioux und der Scouts einst erschienen waren und den fliehenden, gekrümmten Rücken der Herde nachgeblickt hatten.

Weit verstreut graste das braunweiß gefleckte Vieh, einige der Tiere waren bis zum Wald vorgedrungen, streiften dort zwischen den Kiefern auf Nahrungssuche, und ich stellte mir vor, wie leicht es sich hier als Viehdieb arbeiten lassen müßte. Ich fragte Slim nach den Viehdieben, und er sagte, daß er selbst noch nie ein Tier einbüßen mußte. Er besaß etliche hundert Stück Vieh, die Tiere wanderten frei durch das Tal und durch die Ausläufer des Waldes, und noch nie hatte er eins verloren. Wenn ein Tier in der Herde eines Nachbarn auftauchen sollte, würde er es irgendwann zurückerhalten, denn schweigend und selbstverständlich geschieht die Nachbarschaftshilfe im mittleren Westen.

Mein kleiner, zottiger Mustang war offenbar befreundet mit dem Pferd von James Stewart, es folgte ihm überallhin, ohne Weisung, ohne Befehl, und wir ritten durch den Kiefernwald, spürten Jungtiere mit ihren Müttern auf und trieben sie ins Tal. Der Cowboy hatte ein Lasso am Sattel hängen, doch er gebrauchte es nie: die Muttertiere waren willig an diesem Sonntag, und die Jungen trabten ihnen folgsam hinterher ins Tal, wo Slim und die andern die Tiere zu einem Zug formierten. Wir entdeckten einen tiefen, kühlen See zwischen den Kiefern, Biber und Wasserratten glitten von treibenden Stämmen ins Wasser, Wildgänse erhoben sich. Wir stiegen ab, legten uns auf die Erde und tranken von dem eiskalten Wasser.

Nachdem wir alles durchstreift hatten, ritten wir auf die Ebene zurück. Die Sonne stand hoch. Die stampfenden Schritte der Tiere warfen rötlichen Staub auf. Die Cowboys zogen ihre Halstücher vor den Mund. Mit indianischem Geheul kamen die Kinder den Hang hinabgefegt, tief an den Hals ihrer Pferde geduckt, ohne Sattel reitend, und die Herde erschrak und setzte sich in Galopp. Diese Sekunde des Schreckens und der Panik hatten einst Indianer und Viehdiebe ausgenutzt, heute war es nur ein spielerischer Anritt, gleichwohl waren die Tiere von Angst ergriffen, und beunruhigt, dichtgedrängt stampfte der Zug durch das Tal, über die klappernde Holzbrücke und dann in die vorbereiteten Gatter bei der Ranch.

Brandgelbe, langpelzige Katzen saßen auf dem Gatter, warteten mit philosophischer Ruhe, während sich neben dem Eingang die riesigen Hunde postiert hatten, die die zögernden Tiere gleichsam hineinbissen. Die beiden Cowboys ritten in das geschlossene Gatter hinein und trennten gewaltsam die Jungtiere von den Muttertieren, sie arbeiteten in einer Staubwolke, die die Sonne kaum durchdrang. Slim holte aus einem Schuppen Eimer, Messer und Pinsel. Holte auch die schweren Brandeisen und legte sie in ein Holzfeuer, das wir am Bach angezündet hatten. Zuletzt wurde die Gitterpresse fertiggemacht, ein Gerät, das nach oben geöffnet war und dessen Wände mit einer Kurbel zusammengedrückt werden konnten. Alles war vorbereitet zum »Brennen der Tiere«, einer Hauptarbeit des Ranchers, doch bevor wir damit begannen, rief Maggy uns zum Essen ins Haus.

Aus dem Haus drangen jetzt Schüsse, Geheul, wildes Wiehern und harter Hufschlag. Ich erschrak. Ich blieb auf der Veranda stehen. Ein scharfer Anruf erfolgte und wieder ein Schuß und darauf ein bemerkenswertes Ächzen. Glenn Ford stieß mich lächelnd hinein, und wir sahen die Kinder auf dem Boden des Wohnzimmers liegen und auf den Fernsehapparat blicken. Fuzzy hatte gerade einen Überfall der Pferdediebe abgewehrt, er stand bis zu den

Knien in einem Fluß und drückte den letzten der Ganoven mit zahnlosem Grinsen unter Wasser, taufte ihn grinsend zu Tode.

Die elektronischen Küchenmeister hatten auf Maggys Befehl ein schmackhaftes Essen bereitet, es gab Elch-Steak, Reh-Steak und Lammkeule, dazu verschiedene Sorten Kohl, Tomaten und eine große, mit Currypuder bestreute Kartoffel, schließlich gab es Eiscreme, Zitronenkuchen und Kaffee. Während wir aßen, wurde im Nebenzimmer eine Postkutsche erfolgreich überfallen, und eine blonde, kurzstirnige Lady teilte Kinnhaken aus und arbeitete dem Sheriff so sehr in die Hände, daß er sie nicht mehr missen mochte. Ein Chor von amerikanischen Sängern segnete ihren Bund. »Kommt, Jungens«, sagte Slim, »wir müssen uns beeilen.«

Wir gingen zu den Gattern, denn wir wollten keine Zeit verlieren. Auch der Rancher muß rechnen, die Zeit überschlagen, er ist heute gezwungen, wirtschaftlich zu denken und wirtschaftlich zu produzieren, denn das Angebot an Fleisch ist groß. Unübersehbar sind die Viehmärkte von Omaha, und auf den Futterplätzen bei Eaton werden regelmäßig 40000 Stück Vieh auf dem Weg zum Schlachthof genudelt.

Die schweren Köpfe gesenkt, reglos in einer Ecke versammelt, erwarteten uns die Muttertiere; die Kälber und jungen Bullen schoben sich erregt durcheinander, suchten den schützenden Hintergrund. Furcht hatte sie befallen, die alte Furcht des Fleisches, womöglich ahnte das Fleisch die Wahrheit, die ihm bevorstand. Die Messer lagen bereit, die Eisen glühten im Feuer; das Brennen konnte beginnen, ein Brennen, das Gesetz ist. Die Hitze sammelte sich auf dem staubigen Boden, die Luft zitterte und flimmerte über der Prärie. James Stewart stieg steifhüftig über die Sperrbalken, die Jungtiere wichen vor ihm zurück, stampften auf der Stelle, und der Cowboy mit dem mühsamen, etwas schleppenden Leinwandgang schwang ein Lasso, suchte sich einen Bullen aus und warf sein Lasso scharf und genau. Langsam zog er den Bullen aus der zitternden Mauer der Tierleiber, zog ihn zu einem Laufgitter und bugsierte ihn hinein, und dann trieb er ihn voran bis zur Gitterpresse.

An der Gitterpresse stand ich. Ich bewegte achtsam die Kurbel, von beiden Seiten legte sich ein eisernes Gitter um den Körper des Bullen, umgriff ihn, umklammerte ihn, hielt ihn endgültig fest. Die Muttertiere beobachteten alles mit gesenkten Köpfen. »Die Eisen«, sagte Slim, und das kleine Mädchen und der Junge liefen zum Feuer und holten die Eisen. Die Eisen, glühende, scharfe Initialen, die jeder kannte, jeder respektierte, senkten sich nacheinander auf das verklebte, schweißnasse Fell des Bullen, ruhig führte Slim sie nach unten, und dann zischte es auf, giftgelber Qualm riß sich vom Körper los, ein scharfer Gestank stieg hoch. Tiefer senkte Slim die Eisen, sie bissen sich durch das Fell, fanden das Fleisch und kennzeichneten es, brieten ihm das Initial des Besitzers unverlierbar ein, und jetzt, da das Eisen die nackte Haut erreichte, bäumte sich das Tier im Gestänge auf, warf den Kopf und erprobte die Kraft seiner Muskeln an den Gittern.

Ich mußte die Kurbel festhalten. Ich mußte die Kurbel nach unten drücken. Dem Bullen gelang es, den Kopf hochzuwerfen, ich sah seine verdrehten Augen und den Schaum vor dem Maul, der luftig aussah wie ein Taschentuch aus Brügge. »Wie lange hält sich das Brandzeichen«, fragte ich Slim, und er sagte: »Lebenslänglich.« Er reichte die Eisen den Kindern zurück, die in einer Stafette zwischen Feuer und Gitterpresse hin und her wechselten, dann nahm er das Messer, Larry legte eine Schlinge um den Kopf des Bullen und zog an, das Tier schrie, die Muttertiere antworteten.

Slim packte ein Ohr, machte zwei Schnitte, schnitt ein sauberes, fingerlanges Triangel heraus, ein braunbehaartes Dreieck, das er achtlos in die Luft warf. Darauf hatten die Hunde gewartet und die langpelzigen Katzen: die sprangen nach dem Stück des Ohrs, mehrere Körper streckten sich danach, Zahnreihen schlugen in schnappender Gier aufeinander, und in enttäuschter Wut jagten die Hunde die brandgelben Katzen durch das Gatter. Der gezeichnete Jungbulle schrie, Blut tropfte in seine Augen, auf sein schweißnasses Fell, was die riesigen Hunde erregte.

Heftig und sachkundig arbeitete der Rancher weiter, er ließ sich einen Fuchsschwanz reichen und sägte dem Bullen die Hornspitzen ab, sägte tief am Kopf, das Tier röchelte und stöhnte heiser, und Slim, der hagere, schweigsame Rancher, kam mir wie der verbissene Priester eines erbarmungslosen Gottes vor, eines fernen Fleischgottes in Chicago, der Zeichen und Opfer beanspruchte, der Qualität forderte: in seinem Namen wurden die wehrhaften Attribute der Männlichkeit abgesägt. Und in seinem Namen, weil es ihm gefiel, mußte der junge Bulle noch mehr einbüßen, er mußte alles verlieren, was ihn zur selbstbewußten, selbständigen Kreatur machte: ein wandelnder Fleischtopf mußte er werden, ein wandelndes Beefsteak, ohne Begierden, ohne Charakter.

Slim schmierte eine dunkle Masse auf die Kopfwunden und sagte: »Öffne die Gitterpresse, Fred. Vorsichtig.« Ich bewegte die Kurbel, die Gitter hoben sich vom Körper des Bullen. Larry kniete sich mit seinem Lasso hin, in der Hand eine vorbereitete Schlinge. Der Bulle spürte, daß die Fessel nachgab, und mit einem Satz sprang er aus der Presse, streckte den kräftigen Körper im Sprung: in dieser Sekunde warf *Larry* sein Lasso um das Hinterbein des Bullen und zog blitzschnell zu, so daß der Sprung unterbrochen, der Körper des Tieres aus der Sicherheit gebracht wurde: es landete auf dem Rücken, und Larry kniete auf ihm, warf das Ende des Lassos der Indianerin zu, die es um einen Balken legte und festhielt. Larry zwang die Hinterbeine des Tieres auseinander, und Slim stieß das Messer in den Körper, machte einen langen, sauberen Schnitt. Das Tier bäumte sich auf, zitterte, warf mit dem flachliegenden Kopf den Staub auf. Die Muttertiere schrien, als hätten sie selbst die Wunde empfangen. Slim pinselte eine Tinktur auf die Wunde, der Strick wurde gelöst, das Tier sprang auf und fegte durch das Gatter, mit seinen Hinterbeinen wild auskeilend. Er fegte zwischen die Muttertiere, preßte sich in ihren Schatten, ihre Wärme, schoß plötzlich, von einer neuen Welle des Schmerzes erfaßt, wieder hervor, kurvte durch das Gatter, von den Hunden verfolgt, die die Wunde erregte. Einer der Hunde kam ihm zu nah, der Ochse keilte mit wütender Kraft aus, erwischte den Hund an der Schnauze. Ich hörte es krachen und sah den Körper des Hundes gegen die Balken fliegen und dort liegenbleiben in einer Ohnmacht, die nur wenige Sekunden dauerte, dann kam er wieder auf die Beine, blinzelte verständnislos und trottete zu uns.

Wir hatten bereits ein neues Tier in der Gitterpresse, die glühenden Eisen senkten sich nieder auf das verklebte Fell, zischend stieg giftgelber Qualm auf, und danach flogen wieder Triangel aus den Ohrlappen in die Luft. Und wieder riß das Lasso den Bullen nieder, Slim stieß das Messer zwischen die Beine, keuchend, kraftvoll; er tat einen sorgfältigen Schnitt, nahm dem Fleisch seinen Charakter, befreite es von seinen Bedrängnissen und seinen Risiken.

Feuer, Staub, Sonne, der Geruch nach Blut und verbranntem Fleisch, das Röcheln der Tiere, ihre Rufe, das Gebell der Hunde und ihre kurzen Ohnmachten, wenn sie von einem keilenden Huf getroffen wurden: auch dies gehörte zum Sonntag des Ranchers. Ein Tier nach dem anderen wurde von James Stewart in das Laufgitter geschickt, hineingedroschen mitunter, die glühenden Eisen arbeiteten für das Gesetz. »Es ist wichtig, Fred«, sagte Slim nach einer Pause zu mir, »wenn wir eine gute Fleischqualität haben wollen, müssen wir kastrieren.« – »Das leuchtet mir ein«, sagte ich. Glenn Ford meinte ermunternd: »Sie schmecken gut, Fred, fast so gut wie das entsprechende Zeugs vom Hammel. Wir nennen sie die Austern der Rocky Mountains. Geröstet schmecken sie wunderbar.« Später sah ich ein, daß der Cowboy mir nicht zuviel versprochen hatte.

Mehrere Dutzend Tiere brannten wir an diesem Sonntag, kennzeichneten sie im Namen des Eigentums, kastrierten sie zum Lobe der Fleischqualität, auf daß der Gaumen eines Managers in Detroit und der Gaumen eines weltbekannten Schattens in Hollywood beim Verzehr des Steaks nicht beleidigt würden. Bis zur Dämmerung brannten wir.

In einem herausfordernden Blau fiel die Dämmerung über die Prärie, es war ein verheißungsvolles Blau, nicht das Blau der See oder des Himmels oder gar der Kornblume, sondern das Blau, das die deutschen Sänger in ihren Sehnsuchtsliedern vom mittleren Westen erwähnten: durch diese Farben ritten sie, in ihr träumten sie von endlicher Wiederkehr. Die Cowboys öffneten jetzt nach getaner Arbeit die Gatter, trieben die gezeichneten Tiere ins Tal hinaus, und ich sah dem Zug nach, sah die Jungtiere sorglos und übermütig neben den Alten trotten, ein Zug von veredelten und charakterlosen Steaks. Nichts verriet mehr die ausgehaltenen Schmerzen, nur freundlicher Friede umgab den trottenden Zug und eine Genügsamkeit, von der die Sänger erzählen.

Wir wuschen uns im Bach und gingen zum Wohnhaus hinüber, in dem der elektronische Küchenmeister ein Abendbrot bereitet hatte: Hammelbein, Preiselbeeren, Kartoffelpüree, Quellwasser, kalifornischen Wein und zum Abschluß Erdbeerkuchen und Kaffee. Bis auf Slim, den Rancher, aßen alle lustlos; die Cowboys stocherten versonnen im Essen wie Leinwandmenschen, die man ja selten eine Gabel zum Mund führen sieht. Die Kinder aßen nur Kuchen und stürzten ins Nebenzimmer zum Fernsehen: sie mußten Fuzzy helfen, einen Eisenbahnräuber dingfest zu machen, der den Ausgeraubten zu seinem Vergnügen Talglichter auf den Kopf stellte, um sie aus Gründen des Trainings herunterzuschießen. Plötzlich fragte Slim: »Na, Fred, ist es nett auf einer Ranch?« Und ich sagte: »O ja, es ist sehr nett.« Und Maggy und die anderen nickten, sie waren mit meiner Antwort zufrieden.

Draußen hielt ein Auto, wir gingen auf die Veranda hinaus und begrüßten den ambulanten Kaufmann, der mit großen Kartons und Tüten gekommen war; er brachte Eier, Mehl, Käse, brachte auch Fleisch, und Maggy fing meinen fragenden Blick auf und sagte: »Wir müssen alles vom Kaufmann haben, wir Rancher produzieren nur lebendes Fleisch.« Der Kaufmann trug die Sachen ins Haus hinein, verstaute sie und mixte sich etwas zu trinken; dann kam er auf die Veranda, und wir standen und blickten über das dunkle Tal zu den unbestimmten Schatten der Rocky Mountains. Da brannten keine Feuer wie im Lied, der Himmel war sternenlos und das sehr schwache Licht, das hinter der Ebene am Horizont stand, bezeichnete eine unterirdische Abschußrampe für interkontinentale Raketen. Slim sagte zum Kaufmann: »Fred kommt aus Deutschland.« Und der Kaufmann sah mich erstaunt und wohlwollend an, und nach einer Weile sagte er: »Wolkswäggen«, und ich antwortete: »Ja, Volkswagen.« Nachdenklich schwenkte er das Glas in der Hand und sagte: »Bier.« Und ich antwortete: »Auch Bier.« Damit waren genug Höflichkeiten gewechselt, und wir gingen zu den Wagen und fuhren zur Konferenz.

Slim sagte es: »Jetzt fahren wir zur Konferenz, Fred.« Er selbst steuerte den Wagen durch die Dunkelheit, und in meiner Ungeduld suchte ich mir vorzustellen, welch eine »Konferenz« es sein könnte, die am Sonntag in der Prärie stattfinden sollte. Mehr als fünfzig Kilometer fuhren wir durch Büffelland, über die Ebene der verlorenen Söhne: sonderbar ist das Verhältnis des Amerikaners zu großen Entfernungen: er ist an sie gewöhnt, mitunter verliebt er sich in sie – wie ein Charakter von Tennessee Williams. Wo sollte die Konferenz stattfinden? Welchem Gegenstand gelten? Würden wir auf dem Grund einer Schlucht, im Schein von Feuern sitzen, um über eine Ausdehnung der Länder zu verhandeln? Oder sollten Jagdbezirke neu verteilt werden?

Wir fuhren in die kleine Stadt, hielten vor der Schule und stiegen in den geräumigen Keller hinab, in dem Leitungsrohre unverkleidet an der Decke entlangliefen. Ich mußte an Sitzungsräume von Illegalen denken, von Aufrührern, sozialen Verschwörern, doch die Gesichter der Leute, die uns erwarteten, sprachen gegen solch eine Annahme: es waren freie, offene Gesichter von Leuten, die Rancher waren wie Slim, mein Gastgeber. Einige der Männer trugen Reitstiefel, enge Hosen und breite Hüte, sie trugen an Stelle des Schlipses einen dikken, dekorierten Schnürsenkel, der mit einem verschiebbaren Metallschlößchen zusammengehalten wurde. Ein Lächeln genügte als Begrüßung, ein »Hei«, die knappe Nennung eines Vornamens. Ich war zu Gast auf einer abendlichen Sitzung der Rancher-Genossenschaft.

Ein junger Rancher mit einem Holzhammer hatte den Vorsitz, er eröffnete den Abend und gab einem Mann das Wort, der gerade von einer Reise durch die großen Städte des Ostens zurückgekehrt war. Dieser Mann sprach eine Stunde lang von Fleisch, von Steaks, die er in Boston, New York und Washington gegessen hatte; er erzählte den aufmerksamen Zuhörern, warum ihm einige Steaks gut, andere miserabel geschmeckt hatten; er verurteilte gewisse Steak-Qualitäten und entwarf das ideale, das Traum-Steak, das auf jeden amerikanischen Teller gehöre, und je länger er sprach, mit sachlicher Eindringlichkeit, desto vollkommener rief er ein Bild in mir hervor: der ganze Kontinent der neuen Welt als ein einziges, lebengründendes Steak. Alles stand und erhob sich auf dem Steak: Häuser, Fernsehtürme, die Broadway-Theater und die Freiheitsstatue, Steaks wurden geboren, Tote in Steaks begraben. Das Steak garantierte den Bestand der Welt, es war die Welt.

Und der Redner, der seine Reise im Zeichen und

unter dem Blickwinkel des Steaks gemacht hatte, kam dann auf die Großschlachter zu sprechen, und er sagte, daß die Großschlachter nicht mehr als ein viertel Cent am Pfund Fleisch verdienten – wenig genug, wenn man an das Risiko denke, das sie zu tragen hätten.

Der Redner ermunterte seine Freunde, die Groß- schlachter nicht unbedingt als Großverdiener an- zusehen und daraus ein Mißtrauen abzuleiten, vielmehr, sagte er, komme es darauf an, zusam- menzuarbeiten, um der Welt eine neue Grundlage zu geben, und diese Grundlage sollte heißen: das Steak.

Die Anwesenden applaudierten, und auch ich ap- plaudierte aus Überzeugung, durchdrungen von der Einsicht, daß die Wahrheit im Steak liegt.

Dann fiel der Hammer. Der offizielle Teil der Sit- zung war vorüber, und wir tranken Kaffee, aßen belegte Sandwiches, auf denen zu meiner Über- raschung keine Steaks prangten, sondern nur Le- berwurst. Wir umringten den Redner, stellten ihm Fragen, und er gab bereitwillig Auskunft, wieder- holte seine Bekenntnisse zum Steak, zum Konti- nental-Steak. Spät nahmen wir Abschied, verlie- ßen den Kellerraum der Schule, traten hinaus in die Nacht. Schweigend stiegen wir ins Auto und fuhren in die Prärie hinaus zur Ranch. Slim knipste das Radio an, fand nichts, knipste es wieder aus. Das Licht der Scheinwerfer kreiste in Kurven über das gelbe Land, wanderte über Hügel, auf denen lauschende Gazellen standen.

Wir fuhren langsam, und es fiel kein Wort zwischen uns, bis Slim auf einmal mit leichter Erregung sagte: »Da, Fred, da war er.« – »Wer?« fragte ich, und er sagte: »Der Gedenkstein. Der Stein bezeichnet den alten Weg, den die Trecks genommen haben auf dem Weg nach Kalifornien.«

»Ah, der Stein«, sagte ich, und er darauf: »Hast du ihn gesehen?« – »Fast«, sagte ich wieder, »es hat nicht viel gefehlt.«

Hinter der Fliegenschnur

Spanische Kneipe

Sie hatte keinen Namen, und dennoch war die kleine Kneipe in dem grellen, todmatten, staubgepuderten Nest, unten bei Valencia sozusagen, der Inbegriff aller Kneipen. Auch wenn sie keinen Namen trug: sie war eine großartige, absolute Kneipe, Urkneipe gewissermaßen, Modellkneipe, und das aus zwei Gründen: erstens war das Tageslicht aus ihr verbannt, und zweitens hatte man ein schlechtes Gewissen, wenn man ohne hier reinzuschauen an ihr vorüberging. Man war einfach gezwungen, reinzuschauen, eine rätselhafte Aufforderung ging von ihr aus, eine fast biblische Verpflichtung: wer sein Gewissen nicht belasten wollte, der schob eine Hand zwischen die schlappen, fettigen Fliegenschnüre, teilte sie und steckte den Kopf hindurch: wohlige Dunkelheit umgab ihn, vielsagende Finsternis, die Dunkelheit, in der die Wunden heilen. Zwar hatte die Kneipe ursprünglich zwei Fenster, aber sie waren zugedeckt, für alle Ewigkeit vernagelt; das wenige Licht, das hier zugelassen war, kam vom Eingang, gebremst und sehr bemessen durch die fettigen Fliegenschnüre: zu einer guten Kneipe gehört eine gewisse Dunkelheit. Zu einer guten Kneipe gehört aber auch ein Wirt; dieser hieß Don

Rafael: barfuß, hinkend und mild – so residierte er auf einer Fußleiste hinter der Theke, ein Vater der Verzweifelten, ein Trostspender in geflickter Hose. Jeder, der zu ihm hereinkam, befand sich unversehens in Familie, unter seinem milden Lächeln wurde die Kneipe zu Heimstatt und Herd, zu Asyl und Altar – wer bei Don Rafael hineinschaute, konnte sich nicht erinnern, jemals näher am Herzen der Welt gewesen zu sein. Wer hier einfiel, hatte nur einen Wunsch: zu bleiben.

Und auch ich kam und blieb; morgens um sechs kam ich vom Fischen an der absoluten Kneipe vorbei, es war noch früh, ein klarer, kalter Morgen – trotzdem forderte die Kneipe ihren Tribut. Vorsichtig teilte ich die fettige Fliegenschnur, steckte den Kopf durch und versuchte, mich an die Dunkelheit zu gewöhnen. Kahle, getünchte Wände, drei Tische und Rundbänke, fleckiger Steinfußboden: mehr konnte ich zunächst nicht entdecken. Ich trat ein, und in diesem Augenblick schossen vier Hunde an mir vorbei, gelbe, magere Hunde mit Rehköpfen; sie sausten durch die Fliegenschnur und verschwanden mit langen Sätzen hafenwärts. Zögernd ging ich weiter zu einem Ecktisch; auf ihm stand noch eine Copita von der letzten Nacht, ein spitzes, halbgefülltes Trinkglas: honigfarben leuchtete der Wein auf seinem Grund. Ich schob die Copita zur Seite und klatschte in die Hände, und jetzt hob sich überraschend von der Rundbank her ein Kopf über den Tisch, ein unrasiertes Gesicht: zähes Barthaar, feuchte Lippen, leuchtende Augen kamen zum Vorschein, und ich dachte an das Gesicht des heiligen

Elias. Ich machte einen Versuch, nach hinten weg-
zurutschen, als ein glückliches Lächeln auf dem
Gesicht erschien, eine inständige Aufforderung, sitzen zu bleiben, und unter der sanften Gewalt dieses
Lächelns blieb ich sitzen. Gespannt sah ich zu, wie
das Gesicht weiter hinaufwuchs, ein schuppiger
Hals tauchte über der Tischkante auf, die Schulter,
ein magerer Oberkörper in schwarzem Hemd, und
dann schraubten sich zwei alte, rissige Hände auf
den Tisch, die einen langen Stecken hielten: der
heilige Elias war erwacht. Er steckte sich eine
schwarze Zigarette in den Mund, nahm einen Zug,
und jetzt wurde er von einem Husten geschüttelt,
wie man ihn selten zu hören bekommt.

Die Fliegenschnur flog zur Seite, und vier Männer
kamen in die Kneipe; barfuß, mit schwarzer Leib-
binde und Ballonmütze, tappten sie über den Steinfußboden zur Theke und warteten. Und jetzt erschien Don Rafael, hinkte in kragenlosem Hemd
auf sie zu, begrüßte die Männer mit Handschlag
und schob jedem eine Copita hin mit honigfarbe-
nem Wein. Die Männer setzten hoch an, ein dünner
Strahl zischte mit leichtem Gurgeln in ihre Mün-
der; den Kopf weit zurückgelegt, die Augen geschlos-
sen, hingegeben dem frühen Labsal – so zischten
und kauten sie einen halben Liter hinunter. »Frühstück«, sagte der Mann mit dem hartnäckigen Husten, »das ist ihr Frühstück. Jetzt gehen sie zum Arbeiten aufs Land.« Die Landarbeiter wischten sich
mit dem Handrücken den Mund ab, sie seufzten
unter der Wohltat des Weins, der nüchterne Magen
stieß auf, und mit einem Schlag auf die Schulter

verabschiedeten sie sich von Rafael, nickten auch uns zu und gingen hinaus zu ihren eselbespannten, großrädrigen Karren. Einen halben Liter Wein auf nüchternen Magen: das würde ihre Rücken elastisch machen draußen in den rostroten Bergfeldern, das würde ihnen Kraft geben bis zum Mittag. Kraft auch, um die hohen Steuern herauszuschuften, die sie zahlen müssen.

Es war kurz nach sechs.

Don Rafael, in zerknautschtem, kragenlosem Hemd, mit verklebtem Kopfhaar und milder Güte, hinkte heran, stellte mir eine Copita hin, einen kleinen Laib knirschenden Ziegenkäse und drei Oliven: er hatte nur vier Stunden geschlafen, halb träumend noch brach er mit seiner imponierenden, dunklen Hand den Ziegenkäse für mich kaputt, schob mir das Tellerchen zu; die imponierende, dunkle Hand glitt in die Tasche der geflickten Hose, zog ein Stück Trockenfisch heraus, riß und faserte ein paar Streifen für mich ab und legte sie zum Käse: buen apetito, nickte er, guten Appetit. Und die Hand, die den Käse zerbröckelt, den Trockenfisch zerfasert hatte, legte sich mir kurz, in träumerischer Zärtlichkeit, auf den Kopf, während ich anfing, unter ihrem kühlen Druck und den freundlichen Blicken des alten Elias zu essen.

Ich war noch beim ersten Bissen, als zwischen den Fliegenschnüren die rehköpfigen Hunde auftauchten, alle vier hintereinander schoben ihre langen Schnauzen herein, blickten gelbäugig und wachsam auf meine Hände: ihr Instinkt mußte ihnen unten im kleinen Hafen gemeldet haben, daß irgend jemand gerade irgend etwas aß.

Ihr Instinkt hatte recht behalten. Mit stummer Gier schauten mich die Hunde an; sie schauten nur auf mich, sie schauten nicht auf den Mann mit dem enormen Husten – so brachten mich ihre konzentrierten Blicke zur Strecke. Hätten sie uns beide ins Fadenkreuz genommen, hätten sie sich sozusagen die flehende Bearbeitung durch Blicke geteilt, es wäre nichts herausgesprungen für sie. Die rehköpfigen Hunde schienen das zu wissen: acht Augen verbanden sich in stummer Aufforderung, machten mich weich, und ich warf ihnen eine Fischfaser hin. Doch mein Mitleid kam zu spät: hinter der Fliegenschnur erschien ein Schatten; ich sah ein Bein hochfliegen, kurze Schläge nach rechts und links austeilen, die Hunde jaulten auf – weniger vor Schmerz als über den Verzicht auf den Fisch – und sausten in langen Sätzen hafenwärts. Ihr untrüglicher Instinkt würde ihnen melden, wann wieder irgend jemand irgendwo etwas essen würde.

Nun kam der Mann in die Kneipe, der die Hunde vertrieben hatte. Er war barfuß, balancierte einen Korb auf dem Kopf; grußlos, mit sinnendem, traurigem Gesicht ging er an uns vorbei, stellte den Korb auf den Nebentisch und setzte sich. In dem Bastkorb lagen Brot und Muscheln; grau sahen die Muscheln aus, fahl und bröckelig, sie waren bereits unter einem Dampfstrahl gar gemacht. Mit traurigem Gesicht starrte der Mann auf seine Muscheln, wartete, bis Don Rafael ihm eine Copita Wein brachte, und dann begann er traurig zu essen. Seine grüblerische Traurigkeit mußte alt sein, seit vielen Jahren auf seinem Gesicht gelegen haben – welchem Umstand mochte sie gelten, wo ihren Ausgangspunkt haben? Ich versuchte, es mir vorzustellen: einen Trauerfall in der Familie, ein berufliches Mißgeschick – oder galt seine grüblerische Traurigkeit einem nationalen Unglück?

Ja, sorgfältig wird die Trauer in Spanien gehandhabt, und lang ist das Gedächtnis für alles, wovon der einzelne, wovon aber auch die Nation betroffen wird. Und war das unvergeßliche Unglück der Geschichte nicht der Untergang der Armada, der frohgemuten Flotte, die den Engländern heimzahlen wollte und dann so schnell unterging? Oh, man hatte mir schon einmal gesagt, daß man den Engländern nicht das Schicksal verzeihen konnte, das sie der Armada gegeben hatten – dachte der Alte mit den Muscheln daran? Seine gesammelte, seine alte Traurigkeit schien »ja« zu sagen, und ich nannte ihn: den Mann, der das Schicksal der Armada nicht vergessen konnte.

»Acht Uhr«, sagte Elias leise – er hatte gerade etwas Luft zwischen zwei faszinierenden Hustenanfällen. »Wenn Miguel kommt, ist es acht.« – Miguel hob den Kopf, fing den Blick auf, den ich auf seine Muscheln warf, und dann fragte er traurig: »Wollen Sie mitessen? Bitte, essen Sie mit. Sie würden mir eine Freude machen. Probieren Sie mal; ich hab sie heute nacht gefischt.« Die Traurigkeit seiner Einladung ließ keine Möglichkeit der Wahl zu, er häufte einen Berg Muscheln vor mir auf, versonnen und ohne Eile – nie habe ich so köstliche Muscheln gegessen wie aus der Hand des Mannes, der das Schicksal der Armada nicht vergessen konnte. Und selten hat mir eine Zigarette nach dem Essen so gut geschmeckt wie die, die mir der Mann mit dem bemerkenswerten Husten über den Tisch rollte: selbstverständlich und exakt ist die Gastfreundschaft Spaniens, unwiderstehlich die Einladungen; die Höflichkeit macht einen wehrlos.

Plötzlich sahen wir uns an; hinter einem Vorhang gurgelte, prustete, klatschte es, wohliges Stöhnen drang zu uns, Seufzer der Zufriedenheit, und dann wieder Plantschen, Prusten und Ächzen: wir lauschten angestrengt. Auch die beiden kleinen Mädchen lauschten, die sanft durch die Fliegenschnur geschlüpft waren, große Flaschen im Arm, Wein für die Väter holend – gewissenhaft lauschten wir der genießerischen Morgenwäsche Don Rafaels. Und nach einer Weile trat er heraus: scharf gekämmt, sauber, Spuren von Seife noch am Ohr; lächelnd hinkte er auf der Fußleiste hinter der Theke, lächelnd und vehement schenkte er ein: jedes Glas, das er füllte, jede Copita lief über. Nie wäre es Don Rafael in den Sinn gekommen, Korbflasche oder Pulle berechnend abzufangen, erst wenn der Becher oder das Glas überliefen, hörte er auf; erst die Gesetze der Physik brachten seine Großzügigkeit zum Erliegen. Er füllte den kleinen Mädchen ihre Flaschen, er küßte sie, kniff sie liebevoll in den Arm; dann kam er zu uns, beförderte die Muschelreste mit einer Handbewegung auf den Boden und füllte ungefragt unsere Gläser: auch mein volles Glas versuchte er zu füllen.

Kinder kamen herein, die etwas suchten, was sie nicht verloren hatten, Frauen mit Säuglingen, ein Invalide und der Besitzer der Kneipe von nebenan tauchten auf: häuslich ließen sie sich nieder.

Und dann erschien ein jüngerer Mann, der alle Blicke auf sich zog: eine träumerische Verwegenheit spiegelte sich in seinem Gesicht, etwas von der begnadeten Ahnungslosigkeit Don Quichottes: prüfend hielt er nach einer Windmühle Ausschau, die er annehmen könnte. Die Windmühle war ich, und er legte sozusagen die Lanze des Gesprächs ein und sprengte an unseren Tisch, auf dem die matt-glänzenden Weinpfützen von Rafaels Großherzigkeit zeugten. In schönem Draufgängertum fragte der Ritter: »Ingles? Sind Sie Engländer? – Oh, wir bewundern die Engländer. Eine reiche Nation, sie beherrschen die Märkte.« Ich blickte schnell auf den Mann, der das Schicksal der Armada nicht vergessen konnte (er stocherte mit verlorener Traurigkeit in seinen Muscheln herum), und ich sagte: »Nein, aleman, Deutscher.«

»Oh«, sagte der Ritter, »das macht nichts. Wir bewundern auch die Deutschen, eine reiche Nation, auch sie beherrschen die Märkte. Außerdem war Rommel ein Deutscher – Rommel!« Und mit aufgeworfenen Lippen und heftigen Blicken wiederholte und ergänzte er: »Rom-mel und Wolgswagen.«

Der junge Ritter war Volksschullehrer; er stupste seine kleinen, barfüßigen Freunde in die Geschichte, zeigte ihnen die Spur des Menschen, den Punkt, auf dem er stand: der Punkt war nicht leicht zu bezeichnen. Bald hockten wir in offenem Gespräch zusammen – Rafael brachte ihm ein Glas übergelaufener Crema de café, füllte mein volles Glas nach, wir saßen mit zusammengesteckten Köpfen da, und er erzählte vom dunklen Sinn der spanischen Geschichtsbücher: in den Büchern allerdings war der Fluchtpunkt der Geschichte bezeichnet, er hieß: General Francisco Franco. Er wollte wissen, ob der Fluchtpunkt unserer Geschichte Rommel hieß oder »Wolkswagen«; gottlob brauchte ich mich nicht zu entscheiden, denn Elias bekam wieder einen seiner faszinierenden Hustenanfälle. Diesmal dauerte er einige Minuten, schüttelte den alten Mann, warf ihn gegen die Wand, ließ alles vergessen, was gedacht und gesprochen wurde in der Kneipe, und als ein erschöpftes Lächeln das Ende des Anfalls meldete, war die letzte Frage vergessen. Und bevor der junge Ritter neu ausholte, schoben die vier rehköpfigen Hunde wieder ihre Schnauzen durch die Fliegenschnur (ihr Instinkt hatte ihnen am Hafen gemeldet, daß ein kleines Mädchen ihren angeknabberten Brotkanten auf den Kneipenboden geworfen hatte), wie versteinert starrten acht gelbe Hundeaugen auf das Brot, aber der Lehrer, der den dunklen Sinn der Geschichte zitiert hatte, schien auch eine dunkle Wut auf die Hunde zu haben; überraschend stürzte er auf sie los, verfolgte sie durch die Fliegenschnur, verfolgte sie hafenwärts und kam nicht mehr zurück.

Statt dessen schob sich die ganze Besatzung eines Fischkutters durch die Fliegenschnur, beladen mit

Muschelkörben, mit Weißbrot und einem riesigen Topf, in dem Tomaten, Reis, Fische, Krebse und ein unergründliches Gemüse zusammengekocht waren. Den Fischern folgten ihre Frauen und Schwestern, und diesen, furchtlos und selbstverständlich, zuckelte ein krummbeiniges, langschwänziges Wesen hinterher: der Bordhund – wenigstens verrieten einige Anzeichen, daß es sich um einen Hund handelte. Die Gesellschaft nahm an unserem Tisch Platz, der riesige Topf wurde in die Mitte gesetzt, vergnügt ließ Don Rafael die Copitas voll- und überlaufen, und dann wurde gegessen, und alle, die in der Kneipe saßen, aßen mit. Alle fühlten sich eingeladen: Kinder, die nicht die eigenen waren, der Kneipenwirt von nebenan, Don Rafael kam und probierte, Elias und der Mann, der das Schicksal der Armada nicht vergessen konnte, zogen sich Fischstücke aus der Tomatensoße, und auch ich nahm ein Stück Weißbrot und zog es durch die steife Soße – gespannt, was sich am Brot fangen könnte. Eine elementare Vereinigung stellte sich ein, ein uralter, verbindender Genuß, ein fast biblisches Einvernehmen: es war die unendliche, belebende und verbindende Wohltat des gemeinsamen Mahls. Was sich in der dunklen, schäbigen Kneipe unten bei Valencia zeigte, war mehr als Höflichkeit, war mehr als Gastfreundschaft und bezaubernde, natürliche Gesittung: es war wortlose Brüderlichkeit. Da unten übte man sie in reiner Praxis. Alle Augen leuchteten, es kaute und schluckte, sternförmig zogen sich rote Tomatenkleckse vom Topf zu den Tischecken, und das kurzbeinige Wesen, das so aussah wie ein Hund, leckte den Steinfußboden sauber und sauste unter den Bänken entlang.

Der riesige Topf wurde nicht leer, und es kamen wieder neue Männer in die Kneipe, Fischaufkäufer, die jeden Tag mit ihren hausgemachten Lastautos herüberrumpelten, um die Beute der Nacht in die Stadt zu fahren: obwohl sie zuwenig gezahlt hatten, diesmal, wurden sie an unseren Tisch gelotst, kein Mensch konnte mehr erklären, auf welche Weise sie alle Platz fanden, und sie stemmten sich auf die Tischplatte und tunkten Brotkanten in den riesigen Topf. Sie erzählten mir, daß das Fischen im Mittelmeer ein trauriges Geschäft geworden sei, mühselig, freudlos, das Meer ist zu warm, und der Fischreichtum nimmt immer mehr ab. Zu viele sind es, die jeden Abend von den Küsten abstoßen, zu groß ist der Bedarf, den sie decken müssen; wenn ein Fischer mit 1800 Peseten im Monat nach Hause geht, ist er gut dran: 1800 Peseten sind 180 Mark. Und nach der Summe des Verdienstes nannten sie sogleich die Anzahl der Kinder: eine gesegnete Anzahl, ein imposantes Familienglück – das Verhältnis zur Zahl der verdienten Peseten ist trübe wie das Wasser des Ebro. Oh, sie erzählten alles, was sie bedrückte, ihr Herz öffnet sich schnell und leicht, ohne Rest ziehen sie den Fremden ins Vertrauen: ihre schöne Offenheit, die Eile ihrer Bekenntnisse überwältigen jeden, der ihnen zuhört. Und überwältigt wird man ebenso durch ihre Fragen, jede ist gezielt, arglos und unverdeckt: wer hier nach dem Einkommen gefragt wird, muß den Lohnstreifen im Gedächtnis haben.

Aber sie wußten schon alles; sie wußten, was ein Arbeiter in England verdient und wieviel einer in Deutschland, sie kannten die Höhe der Steuern in der Schweiz und die Weinpreise in Frankreich; sie wußten alles über Rom-mel und wußten ebensoviel über den »Wolgs-wagen«, die Fragen, die sie stellten, dienten nur zur Kontrolle ihres vorhandenen Wissens. Zwischen Fragen und starkem Kaffee waren die drei Tische der Kneipe zu einem Tisch geworden: einige Leute gingen, andere kamen, und von Zeit zu Zeit tauchten die vier Schnauzen der rehköpfigen Hunde zwischen den Fliegenschnüren auf: verschwommen jetzt, kaum zu erkennen in dem schweren Tabaksdunst, in der Essenswolke und zwischen all den Menschen, die das gewisse Dunkel der Kneipe bevölkerten. Don Rafael schenkte Kaffee ein, Likör und Wein, Brause für die Kinder, mit freundlicher Geschäftigkeit hinkte er zwischen Theke und Tischen hin und her, goß schulterklopfend die Gläser voll (auch mein volles Glas), spottend über das physikalische Gesetz der Raumverdrängung. Der alte Elias bekam während des Trinkens, als der honigfarbene Weinstrahl zwischen seine rissigen Lippen zischte, einen unerhörten Hustenanfall; traurig brütete der Mann vor sich hin, der das Schicksal der Armada nicht vergessen konnte; der Kneipenwirt von nebenan, Fischer und Fischhändler, Frauen und Kinder – sie alle trugen bei zur natürlichen Familiarität der Kneipe. Draußen existierte kein Tag mehr, die Welt hatte nur Erinnerungswert; das Leben war zu traulichem Dunkel zurückgekehrt, von wo es einst seinen Anfang genommen hatte.

In diese Geborgenheit zwängte sich zu unbestimmter Stunde auch ein singender Schafhirte herein; einen wettertrüben, steinalten Schlapphut auf dem Kopf, einen Beutel auf dem Rücken, die Lederflasche an der Seite – so kam er herein: und er trug in einer Hand einen Stecken, und mit der anderen drückte er ein zitterndes, schneeweißes Lamm an seine Brust. Das Lamm war unterwegs am Wegrand geboren, singend trug es der Hirte herein, singend stapfte er zur Theke, singend verlangte er Schnaps. Hinter ihm schaute die Mutter des Lamms durch die Fliegenschnur, aber nur einen Augenblick, sie schien zufrieden zu sein. Der Hirte kippte rasch hintereinander zwei Gläser herunter, schluckte; dann erhob sich wieder sein Gesang, leise und inbrünstig über die liebreizende Unschuld des Lammes hinwegsingend, ging er zum Ausgang: er sang von seinem Schatz, der fern in Deutschland war, nicht zu fern jedoch für »las alas del corazón«, die Flügel des Herzens. Sein Gesang brauchte nicht zu sterben, denn als er sich entfernte, nahm einer am Tisch die Melodie auf, ein schöner, athletischer Fischer: hingegeben dem ehrwürdigen Zauber der Musik, sang er den hustenden Elias an, und in den Augen des Alten erschien ein junger Glanz. Und als das Lied zu Ende war, sang ein anderer; er sang vom Heimweh des Herzens, und Don Rafael unterbrach seine freundliche Geschäftigkeit, Lachen und Gespräche verstummten, selbst der krummbeinige Bordhund saß still unter einer Bank.

Alle hörten zu, bezaubert, aber auch kritisch; ihre Gesichter verrieten Spannung, wenn ein schwieriger Melodiepart bevorstand, und sie zeigten Genugtuung, wenn die Stimme den schwierigen Ton erreichte. Nach dem »Heimweh des Herzens« sang der Kneipenwirt von nebenan von der »Hoffnung des Herzens«, und mitten in seinem Gesang erschien, die Maschinenpistole auf der Schulter, den lackschwarzen Hebammenhelm auf dem Kopf, die Guardia civil, ein anämisch aussehender Gendarm. Behutsam stellte er die Maschinenpistole in eine Ecke, beugte sich über den riesigen Topf der Fischer und stellte fest, daß sich auf dem Grund des Topfes interessante Verdickungen in der Tomatensoße abhoben, mit einem Kanten Weißbrot ging der Gardist auf Entdeckungen. Er nickte mir lachend zu und kaute und sättigte sich, während der fremde Kneipenwirt der Hoffnung des Herzens melodisch Ausdruck gab. Plötzlich aber warf der Gardist das Brot auf den Tisch, wurde ernst, straffte sich – zwei Straßenarbeiter, gerade eingefallen, sangen ein Lied von der Guardia civil, zumindest kam dies Wort darin vor. Der Gardist sah die schweißglänzenden Sänger an, schnitt mit einer Handbewegung das Lied ab. »Es geht nicht«, sagte er, »ihr könnt alles singen, aber nichts von der Guardia civil. Die Guardia civil laßt ihr besser aus eurem Lied heraus.« Darauf stimmten die Straßenarbeiter ein neues Lied an, ein Lied so traurig wie das verbrannte Land in den Bergen; es handelte von der Not und dem Liebesweh des Herzens, und diese Not wurde den Sängern amtlich zugestanden.

Ich hatte nicht bemerkt, daß sie Don Rafael bei ihrem Eintritt einen Korb mit Pferdebohnen zugeschoben hatten, mit der Bitte, ihnen die Bohnen zum Abendbrot kochen zu lassen; ich bemerkte nur, daß sie zur Not und zum Liebesweh des Herzens erstaunlich viel zu singen hatten – sie sangen tatsächlich so lange, bis die Bohnen gar waren und dampfend hereingetragen wurden.

Ich kann mich nicht erinnern, jemals pikantere Pferdebohnen gegessen zu haben, denn natürlich wurde jedermann eingeladen, von der dampfenden Herrlichkeit zu kosten: der hustende Elias, die Fischer und ihre Frauen, der Mann, der das Schicksal der Armada nicht vergessen konnte, und, selbstverständlich, auch der anämische Zeitgenosse von der Guardia civil. Unter Hinweis auf Rom-mel und den »Wolgs-wagen« wurden mir immer neue Berge von Bohnen auf den Teller gehäuft, und Don Rafael hinkte durch den Raum und setzte sich souverän über die Physik hinweg, indem er randvolle Gläser noch mehr zu füllen versuchte.

Und dann, auf einmal, war ein Ton in der Luft, ein heißer Ton, kurz und herausfordernd; der Ton war so überraschend da, daß wir alle den Kopf hoben (und die vier rehköpfigen Hunde, die in irgendeiner Ecke irgend etwas gefressen hatten, jaulend zur Fliegenschnur hinaustoben). Den Ton hatte eine Frau hervorgestoßen, eine magere, barfüßige Frau mit strähnigem Haar. Sie hielt eine leere Copita in der hocherhobenen Hand, ihr magerer Körper war gespannt, ihre Beine leicht nach vorn gespreizt, und in den Augen lag eine wilde Erwartung. Und plötzlich erklang, leise zunächst und dann immer stärker, ein klarer und scharfer Rhythmus, er erklang am Nebentisch, und der, der den Rhythmus mit Fingern und Handballen auf der Tischplatte hervorrief, war der Mann, der das Schicksal der Armada nicht vergessen konnte: mit erhobenem Kopf, die Lippen aufeinandergepreßt, hämmerte er auf die Tischplatte; der magere Körper der Frau begann zu zittern, bewegte sich knapp und wiegend, und überraschend erlöste er sich selbst aus seiner Spannung: die Frau tanzte. Und der Tanz verwandelte sie völlig; das strähnige Haar, ihr magerer Körper, das graue Kittelkleid: alles verschwand, und was blieb, das war federleichte Grazie, der anmutige Zorn eines Stampfschrittes und der mit Abwehr wechselnde Lockruf der Fingerbewegung. Sie tanzte wunderbar, sie tanzte mit äußerster Konzentration, die Frau, wie man mir sagte, die ärmste Trinkerin im Dorf, schien zu wissen, daß sie vor dem verständigsten Publikum der Welt tanzte. Jeder Schritt wurde begutachtet, jede Bewegung erhielt eine Zensur. Aber dann war der Tanz zu Ende, sie bekam ihren Beifall und eine Copita honigfarbenen Weins, und jetzt traten andere Tänzer auf. Jetzt tanzten Fischer, tanzten Straßenarbeiter und der Kneipenwirt von nebenan, Frauen tanzten und blasse Kinder, und gewiß hätte auch der alte Elias getanzt, wenn sein faszinierender Husten ihn dazu beurlaubt hätte. Niemand kann all die Tänze behalten, die sie tanzten: Tänze des Glücks, Tänze der Werbung und der Schwermut, Jubeltänze und Tänze der Nacht. Sie tanzten ohne Unterbrechung.

Es wurde heiß in der Kneipe und stickig, der Atem ging schwer, und unbemerkt zwängte ich mich an Tanzenden und Zuschauern vorbei zur Fliegenschnur am Ausgang. Ich stieß die Hand durch die schlappen, fettigen Schnüre und steckte den Kopf hinaus: draußen war Nacht, kalt und ruhig, und von einem fernen Leuchtturm kreiste gleichmütig ein Scheinwerfer über das Land, drehte hinaus auf die See, verschwand und kehrte nach einem Augenblick wieder. Und in diesem Augenblick schien mir, als habe der Lichtstrahl sein gleichmütiges Kreisen unterbrochen; für eine Sekunde, einen Herzschlag lang schien der Lichtstrahl stillzustehen über der namenlosen Kneipe, der absoluten Höhle des Labsals: es war, als zeigte er einen besonderen Weg.

Unter Dampf gesetzt

Über die finnische Sauna

Auf dem Schiff gab es keine Sauna. Duschen gab es da, kalte und warme, schlichte Wannenbäder; nie waren sie besetzt, der gestrichene Boden der Wanne trocken, aufgesprungen, die Hähne fest zugeschraubt, keine Tropfen zeugten von frischer oder gar häufiger Benutzung. Gemieden, ja mit hochmütiger Verachtung gestraft, so erschienen die Duschen, erschienen die schlichten Wannenbäder, keinem Körper durften sie zu einfacher Wohltat verhelfen, keinen abgespannten Geist erquicken, der von zehrender Verhandlung nach Hause fuhr, nach Finnland. Traurig ist das Dasein von Badeeinrichtungen auf finnischen Schiffen.

Ja, auf dem Schiff schon, auf dem kleinen, sauberen, uralten Dampfer, merkte ich, lange bevor die finnische Küste in Sicht kam, daß schlichte Bäder ein Schattendasein führen, für den absoluten Finnen nur so viel Bedeutung haben wie auf Kuba die politische Opposition. Nur im Notfall würde er ein gewöhnliches Bad betreten, und das auch nur mit anhaltendem Widerwillen und dauerhaftem Selbstvorwurf: Schon auf dem Schiff erfuhr ich es. Und mit der Verachtung für das schlichte Wannenbad erfuhr ich etwas vom

Triumph der Sauna, von ihrer Bedeutung dortzuland.

Oh, sie freuten sich alle schon darauf, meine finnischen Mitpassagiere, Hochstimmung setzte ein, je näher wir der Küste kamen, fröhliche Erwartung. Es ging nach Hause, und das schien nur zu bedeuten: in die schmerzlich entbehrte Sauna.

Mitleid überkam sie, als sie erfuhren, daß ich es mit der traurigen Dusche versucht hatte; ihre Anteilnahme ging so weit, daß sie mich einluden, drei, vier Einladungen zu gleicher Zeit, jedoch nicht, um gemeinsam zu essen, spazierenzugehen oder Pilze zu sammeln, sondern alle luden mich ein, in ihre Sauna zu kommen, mit ihnen zusammen zu saunieren. Ein junger Ingenieur lud mich dazu ein, ein lederhäutiger Greis, selbst eine sehr reife Dame zeigte sich von Mitleid erfüllt und lud mich ein zur gemeinsamen Sauna. Nie, versicherten sie, nie würde ich ein gewöhnliches Bad mehr betreten, wenn ich erst die vielfältige Wohltat der Sauna erfahren hätte. Ihre Versicherungen waren so bestimmt, die Schilderungen des Saunalebens so schwelgerisch, daß ich mir ihre Sauna ungeduldig vorzustellen begann: Ich dachte an die römischen Thermen, sah mich bereits auf lockerem Ruhebett, gesalbt von den strohblonden Töchtern Suomis, von ihrer sportlichen Anmut umgeben. Ich sah mich schon Tage, Wochen, ja vielleicht mein ganzes Leben in der Sauna zubringen; denn fühlte ein Römer sich nicht in den Thermen zu Haus? Entstand die Politik, die Rom zur Weltmacht führte, nicht im Lavendelduft moussierender Bäder? Und

wurden die angenehmsten Geschäfte nicht ge-
schlossen, während eine kleine, wohlerfahrene
Hand die Stirn frottierte, den Rücken verständig be-
handelte? Ich nahm die Einladungen an.

Ein höflicher Richter war mein Gastgeber, ein
breitwangiger, untersetzter Mann um die Fünfzig,
glatthäutig, sehr glatthäutig; liebevoll nahm er sich
meiner an, lud mich ein in sein Landhaus, er versprach, mich in das Zeremoniell der Sauna einzu-
führen, mir die Augen zu öffnen für ihre vielfältige
Wohltat.

Als wir dann draußen waren, draußen an einem
verfilzten Wald, vor einem flachen, schilfgesäum-
ten See, wo das Landhaus lag, suchte ich sofort
nach dem Ort der vollkommenen Erquickung. Ich
konnte ihn nicht entdecken. Ich fragte meinen
Gastgeber, und er deutete auf ein kleines, braunge-
tünchtes Holzhaus und sagte: »Das ist die Sauna.« –
»Das«, fragte ich, »das«, sagte er höflich und mit
versonnenem Blick. Das Holzhaus stand unmittel-
bar am See, von fettglänzenden Erlen umgeben;
harmlos sah es aus, wie ein schmucker Schuppen,
eine gepflegte Bude, und es war so klein, daß ich unwillkürlich überlegte, wie die strohblonden Töch-
ter Suomis, die mich salben, verständig massieren
sollten, darin Platz finden könnten. Mein Gastgeber hatte zur Saunazeremonie noch einige Freunde
mitgebracht, ein Kapitän war darunter, ein Direktor, auch zwei stumme, wohlerzogene Söhne hatte
er mitgebracht – auf seine Großmutter mußte er
schweren Herzens verzichten, da sie verreist war,
sonst wäre auch sie dabeigewesen. Höflich lächel-

ten wir uns zu, rauchten Zigaretten und blickten auf die Stätte vollkommener Erquickung: Rauch stieg aus der braungetünchten Bude auf, giftgelber Qualm, der kräuselnd durch die Erlen strich; das einzige Fenster war blind. Es war kalt. Ein kalter Wind kam auf. Ich begann zu frieren. Mein Gastgeber kam zu mir und sagte: »Wir haben eine Redensart in Finnland, wir sagen: ›Wenn die Sauna nicht mehr hilft, das Schröpfen und der Schnaps, dann kann man sterben, ohne sich Vorwürfe machen zu müssen, eine Therapie versäumt zu haben.‹ Wenn die Sauna nicht mehr hilft, hilft nichts mehr.« – »Ich werde es mir gut merken«, sagte ich und blickte gespannt auf die schmucke Bude, die soviel Wohltat bereithalten sollte – und nicht nur Wohltat, sondern nebenbei wohl auch das belebendste Elixier der Welt. Wir schnippten nacheinander die Kippen fort, höfliche Blicke trafen mich, Blicke der Aufforderung. Ich sah auf meine Uhr: Es war neun Uhr abends. Um mich herum wurden die Hemden abgestreift, rutschten Hosen zu Boden, die Hose des Kapitäns, die Hose des Direktors und die Hose meines Gastgebers; lächelnd standen die Herren da, in eindrucksvoller Kreatürlichkeit. »Es ist soweit«, sagte mein Gastgeber leise, »der Augenblick ist da.«

Höflich sahen die Herren zu, wie ich mich auszog, sie nickten beifällig, wenn ein Stück nach dem andern fiel, und ihre Gesichter zeigten Genugtuung, als ich nackt und zitternd zwischen ihnen stand. Sie drückten mir die Hand. Sie komplimentierten mich unter Formen weltläufiger Höflichkeit zur Sauna.

Ich hatte den Vortritt. Eine höfliche Hand öffnete die Tür, drückte mich mit sanftem Zwang hinein, und ich dachte – konnte ich überhaupt noch denken, nein reagieren, panisch reagieren? –, das war das einzige, wozu ich noch fähig war: fliehen, raus hier, nur fliehen, das wollte ich. Als ob sie mir einen glühenden Pfahl in die Luftröhre gestoßen hätten, so fühlte ich mich nach dem Eintritt in ihr Heiligtum: Eine heiße, trockene, würgende Luft fiel mich an – zugegeben, sie war auch würzig –, und vor dem Auge wurde es schwarz.

Was hatten sie mit mir vor? Ich sah, soweit es noch möglich war, flehend in ihre Gesichter, hilfesuchend, ich hielt nach einer Lücke zwischen ihnen Ausschau, aber zwischen ihnen war keine Lücke, und alle Gesichter lächelten mir höflich zu. Ihre Höflichkeit zwang mich zu bleiben. Der letzte schloß die Tür. Ein irdener Rundofen in einer Ecke, in der anderen ein Bottich mit Wasser, an der Wand, stufenförmig, drei Holzbänke; war dieser kleine hölzerne Käfig schon der Ort vollkommener Erquickung? Freundlich schubsten sie mich zur Bank, nötigten mich, Platz zu nehmen, und ich setzte mich mit dem glühenden Pfahl in der Brust.

»Sie werden die ganze Zeremonie kennenlernen«, sagte mein Gastgeber, »ich hoffe, es macht Ihnen Freude.« – »Sicher«, stöhnte ich, »es macht mir ungeheure Freude.« Die Herren setzten sich auf die stufenförmige Bank, legten die Hände auf die Knie, beobachteten mich und lächelten mir liebenswürdig zu. Ich versuchte zurückzulächeln mit dem glühenden Pfahl in der Luftröhre. Meine Haut begann sich zu verfärben, Kochwurstfarbe anzunehmen, sie dehnte sich, schwoll und schwoll, gleich, dachte ich, gleich macht es pfffft, irgendwo platzt es, und dann entweicht alles zischend aus dir wie aus einem geöffneten Ventil. Soweit kam es nicht. Zu gegebener Zeit erhob sich mein Gastgeber, schöpfte mit einer Pütz Wasser aus dem Bottich und schleuderte das eiskalte Wasser gegen den irdenen Ofen. Ein Knall, ein Zischen, und in der fauchenden Dampfwolke, die sich löste, glaubte ich Luzifer auffahren zu sehen. Dampf hüllte uns ein, unsichtbar waren die höflichen Gesichter der Herren – stockte der Atem? Verweigerten Herz und Lunge die Arbeit? Etwas bereitete sich in mir vor, etwas staute und sammelte sich, ich spürte es genau, und dann, nachdem der Gastgeber eine zweite Pütz Wasser gegen den Ofen gegossen hatte, brach es von innen aus: Der Hals öffnete sich, die Stirn öffnete sich, alles tat sich auf und gab frei, woraus der Mensch zu über zwei Dritteln besteht – Wasser. Wieviel Durstige können damit getränkt werden; literweise brach es aus, rann kribbelnd in Bächen ab – welch ein Wasser-Reservoir ist der Mensch! Unhörbar quellend trat es hervor, und besorgt blickte ich an mir herab, erwartete zu schrumpfen oder zusammenzufallen. An den Füßen, ja, auf dem gebogenen Zementfußboden, sammelte sich das Wasser, floß sacht in eine Rinne, gewann an Kraft und strömte zu einem Abflußrohr in der Wand. Erschrocken und gelähmt, vor allem aber gelähmt, starrte ich auf das Abflußloch – war das schon Todesangst?

Ich blickte so fasziniert darauf, daß ich nicht
merkte, wie mein Gastgeber aufstand – plötzlich
aber riß es mich aus melancholischem Sinnen, riß
mich auf die Beine, die Hände schlossen sich zu
Fäusten, die Fäuste nahmen Abwehrstellung ein:
Ah, während ich gebannt dagesessen hatte, schlug
mir mein höflicher Gastgeber eine Pütz Wasser um
die Ohren, eiskaltes Wasser, forsch gegossen, wie
ein Dolch traf es mich, der Schock riß mich hoch.
Ich wollte zur Tür stürzen. Doch die Herren auf der
Bank lächelten höflich und nickten mir anerkennend zu. Und mein Gastgeber reichte mir die Pütz
und bat mich, ihm nun die gleiche Wohltat zu er-
weisen, »als willkommene Abkühlung«, wie er
meinte, und so keuchte ich zum Bottich, füllte die
Pütz und – wo waren meine Kräfte geblieben? War
die Pütz aus Blei? Zitternd stemmte ich sie über
den geröteten Rücken meines Gastgebers, kippte
sie langsam um, ein dünner, eiskalter Strahl ergoß
sich auf den Richter, und er schaute sich um, erstaunt, ein wenig unwillig, ich goß nicht forsch genug, der Herr vermißte die »willkommene Abkühlung«. »Ist es nicht wunderbar«, fragte er, »es geht
einem durch und durch.« – »Zweifellos«, hauchte
ich, »zweifellos.« – »Das ist die original Finnische
Sauna«, sagte er. »Ich spüre es«, sagte ich mit dem
glühenden Pfahl in der Brust. »Die beste Medizin«,
sagte er.

Und ich dachte: Überstehen ist alles, und ließ
mich auf meine Bank fallen. Als ich vorübergehend
bei Atem war, sagte ich – in der Hoffnung, daß nach
der willkommenen Abkühlung die Folter beendet

sei –: »Darf ich die Handtücher holen? Wenn die Herren wünschen, hole ich sie gern, sehr gern«, und ich erhob mich und wollte zur Tür. »Es beginnt doch erst«, sagte mein Gastgeber. Wieder zischte Wasser gegen den Ofen, fuhr Luzifer aus der fauchenden Dampfwolke, die uns verhüllte, und die Quellen öffneten sich. Gleichmütig, wie die Physik es vorschreibt, sammelte sich das Wasser in der Rinne, gab dem sanften Gefälle nach und wanderte zum Abflußrohr, das in den See führte. Ich blickte mir nach, wie ich davonrieselte, murmelte meinem verflüssigten Teil einen schwachen Gruß zu, bis es mich, unvermutet, wieder hochriß. In meditierender Wehmut klatschte eine neue Pütz Wasser gegen meinen Rücken, ich hob die Fäuste, doch Fäuste öffnen sich vor höflich lächelnden Gesichtern. Erschöpft verhalf ich dem Gastgeber zu der gleichen Abkühlung und fragte schnell: »Werden vielleicht die Handtücher gewünscht?«

Niemand wünschte sie – außer mir. Alle Herren, der Kapitän, der Direktor, mein Gastgeber und die stummen, wohlerzogenen Söhne – alle lächelten, seufzten unter belebender Wohltat, sie drehten ihre Schenkel, kniffen an den Zehen herum, kratzten sich unaufdringlich, für sie war es vollkommene Erquickung. Und während der Kapitän und der Direktor zu politisieren begannen – ich hörte mehrmals schnell hintereinander: Mao Tse-tung, Mao Tse-tung –, beugte sich mein Gastgeber zu mir und bat mich sehr höflich um Entschuldigung. »Wofür«, fragte ich, »wofür bitten Sie mich um Entschuldigung?« – »Weil wir hier keine Frauen zur Hand haben.« – »Wozu brauchen wir hier Frauen?« fragte ich matt. »Zum Abseifen«, sagte er. »In den größeren Saunen bei uns werden wir von Frauen abgeseift. Leider ist meine Großmutter verreist, sie hätte es übernommen.« – »Schade«, sagte ich, »hoffentlich hat sie eine gute Reise.«

Mein Gastgeber erhob sich, machte eine, wenn auch nur angedeutete Verbeugung der Höflichkeit, und als ich ratlos zu ihm aufsah, sagte er: »Ich bedaure zutiefst, daß keine Frau hier ist; erlauben Sie deshalb, wenn ich Sie nun abseife. Ich werde bemüht sein, mein möglichstes herzugeben. Darf ich bitten?« – »Bitte«, sagte ich. Er führte mich zum Fenster, schlug mir eine Pütz Wasser um die Ohren, worauf ich mir nur mit Mühe meine Besinnung erhalten konnte, und dann begann er sein möglichstes beim Abseifen herzugeben. Meine Stirn ruhte auf dem Fensterkreuz, und ich erschauerte plötzlich, als die Seife mich berührte: Nein, es war keine gewöhnliche Seife, zumindest keine, womit Filmsternchen ihren milchigen Teint erzeugen, ein riesiger Block von Kernseife war es, kiloschwer, in der Größe einer 15-cm-Langrohrgranate, und er stemmte die Seife hoch und gab sein möglichstes her auf meinem Rücken.

Ich schloß die Augen, die Stirn schlug rhythmisch gegen das Fensterkreuz, der Körper schüttelte sich – hatte indes nicht mehr die Kraft, sich aufzubäumen, zu protestieren, und als ich nichts mehr zu spüren glaubte, nur noch Knetmasse in seinen Händen war, da setzte er den Seifenblock auf den Boden und nahm eine Bürste. Ich vermute, er wollte meine Haut als Souvenir behalten, denn die Bürste, die der nahm, war auch keine gewöhnliche Bürste: Ein Piassava-Besen schien es zu sein oder eine solide Drahthaarbürste, mit der man den Rost von Leitungsrohren bürstet.

»Die Handtücher«, keuchte ich.

»Bitte«, sagte mein Gastgeber höflich, »bitte, wir sind erst mitten in der Zeremonie, und zunächst fände ich es ausnehmend liebenswürdig, wenn Sie nun auch mich abseiften, vorausgesetzt natürlich, daß Ihre Güte soweit reicht.« Reichte sie soweit? Ich sammelte Kraft, konzentrierte mich wie ein Hammerwerfer, dann stemmte ich den Block Kernseife hoch, ließ ihn den Rücken meines Gastgebers hinuntergleiten – schlapp, zu schlapp für ihn, der sich umwandte und mich erstaunt und sorgenvoll musterte. Als sein Rücken leidlich mit Seife bedeckt war, nahm ich die Drahtbürste, wedelte erschöpft, vor allem unsystematisch herum, nein, ich brachte die Seife nicht zum Schäumen. Verausgabt, besonders aber verzweifelt, stülpte ich zum Schluß eine Pütz Wasser über den Richter und hauchte: »Jetzt doch aber die Handtücher!« – »Jetzt gehen wir in den See«, sagte er, »wir dürfen das Zeremoniell nicht unterbrechen.«

Die anderen Herren, die sich ebenfalls abgeseift hatten, gingen an uns vorbei zur Tür, sie gingen durch die Erlen, betraten einen Steg und sprangen durchaus elegant ins Wasser. Schwimmend durchquerten sie den Schilfgürtel und schwammen hinaus auf den dunklen See. Wir standen noch auf dem Steg, ich sah zu den Wäldern hinüber – waren es die

Wälder, in denen Nurmi trainiert hatte für seine unsterblichen Läufe? Fliehen, jetzt fliehen, mit Nurmis Ausdauer, seiner enormen Schrittweite. »Bitte, nach Ihnen«, sagte mein Gastgeber und zeigte aufs Wasser.

»Oh«, sagte ich, »diesmal wollen wir doch vergessen, daß ich Ihr Gast bin. Ich lasse Ihnen gern den Vortritt!«

»Sie sind mein Gast«, sagte er, »nur zu.«

»Kann man hier springen?« fragte ich.

»Sicher«, sagte er, »es ist tief genug. Im Augenblick treiben ja keine Eisschollen.«

»Nein«, sagte ich, »schade, es ist kein Eis zu sehen.«

»Vor drei Wochen hatten wir noch Eis.«

»Dann hätte ich früher kommen sollen«, sagte ich.

Mein Gastgeber sprang zuerst, verschwand unter Wasser und tauchte prustend im Schilf auf und rief mit einer Stimme, die nichts als Behagen verriet: »Bitte, ich warte auf Sie.« Ich schloß die Augen. Ich sprang. Und in der Zeit, in der ein Schwimmender sich umdreht, stand ich wieder auf dem Steg.

»Kommen Sie nicht mit?« rief mein Gastgeber.

»Ich bin schon wieder zurück«, rief ich, »es war wunderbar, eine willkommene Abkühlung!« Ich stand auf dem Steg, beobachtete die schwimmenden Herren, die noch schwimmend politisierten, immer wieder hörte ich Mao Tse-tung, Mao Tse-tung.

Als sie zurückkehrten, fanden sie das Wasser zu warm, und auch ich fand das Wasser zu warm, und wir gingen durch die Erlen zurück zur Sauna. »Wie wär's, meine Herren«, fragte ich, »darf ich jetzt die Handtücher holen?« Sie schüttelten höflich die Köpfe, mein Gastgeber drückte mich mit sanftem Zwang wieder in den Dampfkäfig hinein, eine Pütz voll Wasser zischte gegen den irdenen Ofen, und abermals verabschiedete ich, was aus dem Körper hervorbrach. War es immer noch nicht genug? Wollten sie es auf die Spitze treiben?

Einer der stummen, wohlerzogenen Söhne kam mit einem Arm voller Saunabesen herein, sorgfältig geschnittenen Birkenreisern, die noch Laub trugen. Die Besen waren handlich, nicht länger als der Ellenbogen eines Mannes, und der Sohn verteilte die Besen und kletterte auf die oberste Bank, wo es nicht unbedingt heißer ist als in Luzifers glühender Residenz. Ich roch an dem Besen, er duftete nach frischem Laub. Lächelnd beugte sich mir mein Gastgeber zu und sagte sehr höflich: »Erlauben Sie, daß ich Ihren Rücken bearbeite und vorzugsweise die Stellen, die aus natürlichem Grunde schwer zu erreichen sind. Vorn, denke ich, können Sie es selbst besorgen. Es ist einfach: Man peitscht sich aus.«

Und mit dem letzten Wort zog er mir den ersten Schlag über den Rücken, so daß ich auffuhr und er mich beschwichtigend ansah. Kurz fielen seine Schläge, knapp aus dem Handgelenk; ich geißelte mich vorn, wedelte schlaff über meine Knie, wedelte vor meinem Gesicht, um mir Luft zuzuschanzen.

Dann bot er mir seinen Rücken an, ich schlug ihn

beidhändig, klatschend fiel der Besen auf ihn nieder – es war nicht scharf genug, entsprach nicht dem Zeremoniell, und von neuem traf mich der erstaunte und unwillige Blick über die Schulter. Er entschuldigte sich bei mir, winkte seinen Söhnen und schärfte ihnen ein, ihre ganze Jugend in die Schläge zu legen; sie taten es, und mein Gastgeber krümmte sich in wohligen Schauern.

Erschöpft vor mich hin wedelnd, sonderbar angezogen von dem Abflußrohr, ergoß sich wiederum eine eiskalte Pütz Wasser über mich: Diesmal sprang ich nicht auf, keine Faust ballte sich, mein Wille war gebrochen. Ja, ich lächelte in wortloser Qual. Und als mein Gastgeber sagte: »Nun können wir die Handtücher brauchen«, nickte ich nur langsam, erhob mich zögernd und schwankte zur Tür und hinaus.

Wir frottierten uns gegenseitig zwischen den Erlen. Ich sah auf meine Uhr: Es war eine halbe Stunde vor Mitternacht. Wir rauchten, der Gastgeber verschwand noch einmal in der Sauna, und als er zurückkehrte, brachte er eine riesige Pfanne mit, in der, rötlich gedunsen, zwei armdicke Würste lagen. Der Gastgeber zerschnitt die Würste, verteilte die Stücke und holte einen ganzen Kasten Bier, und wir tranken das Bier und aßen die Würste und unterhielten uns interessant über die Sauna.

Wir standen lange zusammen, die Nacht war auf einmal warm, der Kapitän machte den Vorschlag zu fischen, und als wir das Boot losbanden, merkte ich, daß ich nur meine Turnhose trug und nicht mehr fror. Und ich spürte plötzlich noch mehr: eine vielfältige Wohltat, Leichtigkeit und vollkommene Erquickung und ein unbegreifliches Gefühl von Neugeborensein, wie sie nur eine Institution der Welt gewährt: die Finnische Sauna.

Nachwort

von Rainer Moritz

Zaungäste stehen außerhalb des Geschehens; meist verharren sie in gesicherter Distanz, bewahren sich eine Reserve gegenüber den Ereignissen, denen sie beiwohnen, und sind so oft in der Lage, das Außer- und Ungewöhnliche präziser wahrzunehmen als diejenigen, die sich inmitten des Getümmels bewegen. Für Siegfried Lenz' hier versammelte Reiseerzählungen, die aus den verschiedensten Phasen seines Schaffens stammen, hätte sich kein besserer Titel als »Zaungast« finden lassen. Siebenmal wagt sich seine Prosa auf fremdes Terrain, siebenmal tauchen Erzählerfiguren hinein in Gebräuche, die ihnen auf den ersten Blick fremd, ja bizarr erscheinen. Siegfried Lenz entführt seine Leser nach Japan, wo er sich mit Schülern austauscht; er sucht in Australien nach einem legendären Vogel, der durch sein Gelächter aufzufallen pflegt; er erleidet tapfer die kalorienreichen Freuden jütländischer Kaffeegesellschaften und den schweißtreibenden Aufenthalt in einer finnischen Sauna; er nimmt am Rancherleben in Wyoming teil, das den Erwartungen nicht recht entsprechen will, er wird aufgenommen in eine Kneipenrunde bei Valencia, und er erinnert sich an die Hamburger Nachkriegszeit, als der Hafen einem Ort der Verwüstung glich.

»Ich hielt mich für vorbereitet«, heißt es in *Sonntag eines Ranchers*, und darin klingt eine Grundhaltung dieser Geschichten an. Der Reisende bricht mit vorgefaßten Meinungen auf, glaubt zu wissen, was ihn in der Fremde erwartet ... ehe er sich plötzlich mit einer Anschauung konfrontiert sieht, die das Geläufige in Frage stellt. Die überraschenden Reaktionen der japanischen Schüler, die Ranch-Atmosphäre, die so wenig von den vorgeprägten Bildern der Glenn-Ford-Western hat, die unbekümmerte Nacktheit der Saunabesucher – immer wieder werden die Lenzschen Figuren angehalten, ihre Urteile zu überprüfen und zu korrigieren, und dank ihrer unverstellten Neugier gelingt es ihnen, ungeahnte Erfahrungen in die eigene Gedankenwelt aufzunehmen.

Die Erfahrungen, die in *Zaungast* gemacht werden, werden von feinem Humor getragen, von jener erzählerischen Souveränität, die den Autor Siegfried Lenz so populär gemacht hat. Da gilt die gespannte Erwartung dem Vogel Kukkaburra, der dann in Adelaide leider nur »fast zu sehen« ist. Da rinnt der Schweiß in der dampfenden Sauna so heftig, daß nur existentielle Maximen Halt geben können: »Überstehen ist alles«, und da werden in Jütland Kuchenstücke serviert, die sich wie »Plätteisen« ausnehmen und dem Gast die Erkenntnis vermitteln, daß auch Kaffee-Einladungen Bedrohliches an sich haben können.

Siegfried Lenz' Humor überbrückt die Distanz

des Reisenden, ohne sie gänzlich aufzuheben. Denn auch die pointierteste Beobachtung bewahrt jenes Staunen, das den Reiz jedes Aufbruchs ausmacht, und so entsteht in den *Zaungast*-Erzählungen eine spielerische Balance. »Wortlose Brüderlichkeit« wird auf diese Weise, zumindest für einen Augenblick lang, in der spanischen Kneipe, »hinter der Fliegenschnur«, spürbar, und natürlich streben die Menschen in Lenz' Texten insgeheim nach diesem Einverständnis, das es erlaubt, dem Fremden und den Fremden nahezukommen. Sie biedern sich den Sitten ihrer Gastgeber nicht an und sind bemüht, sie ernst zu nehmen – wenn auch manche Praxis, wie die der Saunageißelung mit Laubbesen, die Vorstellungskraft gelegentlich übersteigt.

Wer sich aufmacht, die heimatliche Umgebung zu verlassen, tut gut daran, sich dem Ungewohnten mit Vorsicht zu nähern – und mit gelassenem Humor. Der Standort des Zaungastes ist dabei, so will es nach der Lektüre dieser Erzählungen scheinen, ein vorteilhafter.

Siegfried Lenz im dtv

»Siegfried Lenz gehört nicht nur zu den ohnehin raren großen Erzählern in deutscher Sprache, sondern darüber hinaus auch noch zu den ganz wenigen, die Humor haben.«
Rudolf Walter Leonhardt

Bitte besuchen Sie uns im Internet: www.dtv.de

Siegfried Lenz im dtv

Bitte besuchen Sie uns im Internet: www.dtv.de